誘惑された夜

ミランダ・リー 作

夏木さやか 訳

ロマンス

東京・ロンド　ーヨーク・アムステルダム
ハンブルク・ストックホルム　ドニー・マドリッド・ワルシャワ
ブダペスト・リオデジャネイロ・ルクセンブルク・フリブール・ムンバイ

BEDDED BY THE BOSS

by Miranda Lee

Published by Harlequin Japan, a Division of K.K. HarperCollins Japan, 2023

ミランダ・リー

オーストラリアの田舎町に生まれ育つ。全寮制の学校を出て、クラシック音楽の勉強をしたのち、シドニーに移った。幸せな結婚をして3人の娘に恵まれ、家事をこなす合間に小説を書き始めた。テンポのよいセクシーな描写で、現実にありそうな物語を書いて人気を博した。実姉で同じロマンス作家のエマ・ダーシーの逝去から約1年後の2021年11月、この世を去った。

主要登場人物

ジェシー・デントン……グラフィック・アーティスト。
エミリー……ジェシーの娘。
ライアル……エミリーの父。故人。
ドーラ……ジェシーの住まいの家主で友人。
ケイン・マーシャル……経営コンサルタント。
カーティス……ケインの双子の弟。会計士。

1

「それは十分前の話よ。こうやっておめかししていたら、まだ若くて屈託がなくて、男性の本当の姿を知らなかったころを思い出したの。ひと晩でもいいからあのころに戻れたら、すてきな男性とデートに出かけるところなんだけど」

「もしも夢が現実になったら、そのすてきな男性にどこへ連れていってもらうの？」ドーラはいまだに信じられないという顔をしている。

「そうね、まずはどこか豪華な店でお酒と食事を楽しんでから、ナイトクラブでダンスといったところかしら」そのあと、相手が強引に自分の部屋へ連れていって……。

最後に思い浮かべた光景にジェシーは驚いた。正直な話、エミリーを産んでから男性とつきあいたいと思ったこともない。

それが今、突然、魅力的な男性の腕に抱かれる場面を想像するのはなんとも快感だった。快感どころ

「で、あなたはクリスマス・プレゼントに何が欲しいの、ジェシー？　明日、買い物に行く予定なの。クリスマスまで二週間だもの。直前になってあわてて用意するのはいやなのよ」

マスカラを塗っていたジェシーは手を止め、テーブルの向かいに座る年上の友達であり、家主でもあるドーラを見て、苦笑した。

「男性を売っている店を知らない？」焦茶色の目にいたずらっぽい表情を浮かべて尋ねる。

ドーラは大きく目を見開いた。「男性ですって？　十分前まで、男なんていやなやつばかりだから、かかわりたくないと言っていたのに」

ではない。ほとんど必要不可欠に思えてきた。

女性ホルモンがよみがえったようだ。

ジェシーは欲求不満のため息をもらした。いらだたしくもあった。男性なんていなくてもやっていけるわ。つきあったら厄介を引き起こすだけよ。

みんな、本当に役立たずなんだから。

ただひとつ、あれだけを除いては！

女性ホルモンの分泌が活発になってきた今、恋人としてすてきな男性と愛しあう喜びにまさるものはない、とジェシーは認めざるをえなかった。

エミリーの父親はベッドではかなり魅力的な男だった。と同時に、無責任で向こう見ずなところがあり、最終的にはその冒険心があだとなって命を落とした。スノーボードで山をすべりおりる途中、クレバスに落下したのだ。しかも、ジェシーが彼の子供を宿していることに気づく前に。

ジェシーは二十八歳という分別のある年齢になってようやく、ベッドで申し分ない男性が責任をとる段になるとほとんどあてにならないという事実に気づいた。往々にしてそういう男性は、魅力的であっても卑劣だ。たとえライアルが生きていたとしても、おそらくジェシーと子供を見捨てていただろう。

どんなかたちにしろ、男性なんていないほうがいい。少なくとも今は。エミリーはまだ四歳で、とても感受性が強い。セックスにしか興味のない男性と母親がデートをするなんてもってのほかだ。そういう関係には将来性も幸せも期待できない。

男性は感情的に傷つきもせず、あとくされのないセックスにふけることができても、女性の場合はそういうわけにいかない。

ジェシーは立ち直るのに長い時間を要した。ライアルの死だけでなく、彼にはほかにも女性がいたとあとで判明したのだ。

「クリスマスにいちばん欲しいのは、広告代理店できちんとした仕事に就くことよ」黒いイブニングバッグに化粧品を詰めながら、彼女はきっぱりと言った。

妊娠するまで、グラフィック・アーティストとして仕事をしていたジェシーは、やがてはクリエイティブ・デザイナーになることを目指していた。彼女にはものを作る才能があり、夢もあった。いつの日か自分の広告チームを指揮したり、プレゼンテーションの折には密接にかかわりあったり、会社のために一流の評価を得た際には、称賛を浴び、ボーナスにもそれが反映されたりするという夢が。

そのころ勤めていた〈ジャクソン&フェルプス〉は、シドニーでも最大かつ最高の広告代理店だった。

しかし、エミリーを産んでから、ジェシーの人生における物事の優先順位は変わらざるをえなかった。産休が明けたら〈ジャクソン&フェルプス〉に復帰するつもりでいたが、実際にその時期が来てみると、幼い娘をまだ保育所にあずける気になれず、家にいて自分でエミリーの面倒を見たかった。

在宅でフリーランスの仕事をすればいいと考えていたのだ。コンピュータも、デザインに必要なソフトもある。ところが景気の悪化に伴い、広告費の予算は削減され、大勢のグラフィック・アーティストが失業した。フリーランスで仕事をするのは今や夢物語になってしまった。

ジェシーはいやおうなく一時的に国の援助を受け、それまで借りていた最新流行のフラットから引っ越すはめになった。幸運にも、ローズビルに適当な家が見つかり、家主のドーラは思いやりのある女性だった。ローズビルはシドニーの北に位置する緑の多い町で、鉄道の沿線にある。

ジェシーが借りたのは、今は亡きドーラの母親が同居するようになって増築された離れだった。寝室はひと部屋しかないものの、専用のバスルームがあり、ゆったりしたキッチン兼居間が塀に囲まれた広い裏庭に面している。活発な幼子を抱えたシングルマザーにはうってつけだ。エミリーはそのころ一歳になっていて、歩きはじめていた。

家賃も手ごろで、ジェシーは代わりに家事や庭仕事を手伝っている。

それでも家計は苦しく、贅沢《ぜいたく》はできない。誕生日やクリスマスのプレゼントは、いつもささやかなものですませている。去年は苦労しなかった。三歳の娘にはまだ安売り専門店で買ったものだと理解できなかったから。

でも、今年はエミリーも知恵がついているころだ。

フルタイムの母親業は楽しくても、暮らしていくためには、生活保護から抜けだして仕事に復帰する必要がある。そこで今年の一月からエミリーを近所の保育所にあずけて仕事を探しはじめた。

しかし、ジェシーが望んでいる広告の分野で職は見つからなかった。

いくつかの職業紹介所に登録して数えきれないほどの面接を受けたが、シングルマザーで三年間も現場を離れていたグラフィック・アーティストを採用したがるところなど、どこにもない。

今年の初めに、私立探偵ジャック・キーガンのもとで、儲《もう》かるとはいえ、不快きわまりない仕事をしたことがあった。新聞広告には受付係と掲載されていた。経験不問、身だしなみがよくて、きちんと電話の応対ができる人と。事務所を訪ねると受付係はすでに決まっていて、代わりに調査の仕事を勧められた。

浮気をしているのではないかとパートナーに疑われた男性をおとり捜査するのが、主な仕事だった。時間と場所を指定され、捜査対象の略歴と写真を渡される。場所はたいていパブやバーだ。仕事の性質上、セクシーな服装をして接触し、相手が本性を現すまでなれなれしくするという手はずだった。私立探偵が用意してくれる高性能の携帯電話で証拠の映像を撮ると、ジェシーは化粧室へ行くのを口実に姿を消すという寸法で、映像の質はなかなかのものだった。

そういう経験を六回ほどして、ジェシーはやめた。一度でもいいから、相手が彼女の誘惑を退け、尊敬すべき男性であることを証明してくれていたら、仕事を続けていたかもしれない。だが、そんなことはなかった。誰も彼もが低俗な男で、ジェシーに言い寄るばかりか、露骨に性的な行為を持ちかけてくる。その都度、彼女は不快な気分になって化粧室に逃げこんだ。

あの卑劣な仕事のあとだけに、地元のレストランでウエイトレスの職を得たときはうれしかった。しかし、エミリーのことを考え、チップが多い週末や夜の勤務は辞退したので、手取りはあまり多くなかった。そのうえ、政府から母子家庭に支給される補助金を考慮に入れても、週に五日エミリーを保育所にあずけるのは出費がかさむ。

唯一の救いは、娘が保育所に通うのが大好きなことだった。そこの保母さんや子供たちとはしゃいでいるエミリーを見て、ジェシーは嫉妬《しっと》にかられることもある。この一年で娘はかなり成長した。

成長しすぎたくらいだ。

四歳のエミリーが、十四歳くらいに思えるときがあるほど。

先週末には父親のことを質問し、母親が問題を回避しようとすると、娘はいやがった。うろたえたジェシーは決断を迫られ、エミリーに真実を打ち明けざるをえなくなった。パパはエミリーが生まれる前に事故で亡くなったのだと。そのうえ、パパとママは結婚していなかったとも。

〝それじゃ、ママとパパは離婚したんじゃなかったのね〟その発言に、ジェシーは動転した。〝パパはもう帰ってこないんだ。ジョエルのパパは帰ってきたのに〟

ジョエルとは、保育所でできたエミリーの友達だった。

〝そうよ、エミリー。あなたのパパは二度と帰ってこないの。天国にいるから〟

〝そうなんだ〟エミリーは顔をしかめ、何も言わずに母親のそばから離れていった。

ジェシーが娘を見つけたのは裏庭だった。片隅で等身大の人形を相手に真剣な面持ちで話をしている。その人形は、八月の四歳の誕生日にドーラから贈られたものだ。ジェシーが近寄ると、エミリーは不気味なほど口を閉ざしてしまった。やがて娘が顔を上げて明るくほほ笑んだかと思うと、午後からKマートのサンタクロースに会いに行きたいと言うのを聞いて、ジェシーは安堵《あんど》した。手遅れになる前にクリスマスに何が欲しいか、サンタに話しておきたいというのだ。

会ったことのない父親が天国にいると聞かされても、打ちのめされるには娘はまだ幼すぎた。

エミリーがクリスマスに何が欲しいかは、すでにわかっている。そのクリスマスが、もう目前だ。私立探偵ジャック・キーガンからのいやな仕事をもう一度だけ引き受けよう。ジェシーは決心した。臨時収入が必要になったときはいつでも連絡してくれと、彼に言われている。妖精《ようせい》フェリシティの人形は、何年ぶりかでおもちゃ市場をにぎわした、かつてないほど高価な人形だった。そのとんでもなく高価な人形とそれに付随するものを買うには、今夜の報酬四百ドルがどうしても必要なのだ。妖精の城、魔法の馬、衣装がいっぱい詰まったたんすまである。

衣装といえば……。

ジェシーは立ちあがり、すっかり少なくなった衣類のなかから今夜の仕事のために、ホルターネックの黒いミニドレスを引っ張りだした。手持ちのなかでいちばん上品でセクシーなクレープ生地のドレスだが、六年前のものなので古くさく見えるのではと心配になった。

「本当にこのドレスで大丈夫だと思う？　古すぎないかしら？」

「大丈夫よ」ドーラが請けあった。「そのデザインは流行に影響されないから。とても魅力的よ、ジェシー。セクシーだわ。まるでモデルみたい」

「私が？　ばかなこと言わないで。スタイルはそんなに悪くないと思うけど、あとはどこをとっても平凡だもの。化粧をしていなければ、男性は一瞥《いちべつ》もしてくれないわ。それに髪を後ろでまとめるか結いあげないと、どうにもならないし」

「あなたは自分の魅力を過小評価しすぎるのよ、ジェシー」

ジェシーは単にスタイルがいいという表現では当てはまらなかった。豊かな胸に細いウエスト、大きすぎない腰とすらりと伸びた脚。その脚が、今夜はいているストラップのついたハイヒールのおかげで、なおさら長く見える。

たしかに古典的な美人の顔ではない。口は大きいし、顎は角ばっていて、鼻はほんの少し長めだ。けれど、エキゾティックな形の焦茶色の目は性の喜びを約束するかのように燃えている。磁石みたいに男性を引きつける目だ。

漆黒の豊かな髪は自然な巻き毛で、たらしているときは輝きを放ちながら肩に流れ、ひとつに結うと、まとめられるのに逆らうような後れ毛のせいで、ますます魅力的に見える。

私立探偵がおとり捜査のためにジェシーを急いで雇ったとき、ドーラは少しも驚かなかった。浮気をする男性を罠《わな》にはめるのに、ジェシーの美貌《びぼう》は格好の武器になる。

「この男なの？」ドーラがテーブルの上にあった写真をとりあげた。

「そうよ」

「ハンサムだわね」

ジェシーも同感だった。彼女が今まで相手をしてきたつまらない男たちよりはるかにハンサムだし、まだ三十代の若さだ。それでも、どういう種類の人間かは疑いようがない。

「外見よりも心よ、ドーラ。彼は結婚していて二人の子持ちなのに、毎週金曜日にはバーで夜遅くまで飲んでいるんだから」

「金曜日の夜は大勢の男が飲んでいるわ」

「彼は飲んでいるだけじゃないはずよ。彼のなじみのバーは、行きずりの相手を見つけられることで有名な場所なの」

「それはどんなバーにも言えるでしょう」

「この手の行動は彼らしくないと奥さんが言っているのよ。彼女に対する態度が変わってきたんですって。夫が浮気をしていると思いこんでいて、証拠を欲しがっているの」

「それだけでは説得力があるようには思えないけど。その奥さん、こんなことしなければよかったと後悔しかねないわね」

「どういう意味？」

「その、あなたのような女性を送りこんで誘惑するのは、相手の男性に対してフェアだとは思えないのよ。この男性は一度も浮気していないかもしれない。ただ一生懸命働いて、リラックスするために、一週間の終わりに一、二杯のお酒を飲んでいるだけかも。そこへ今夜あなたが現れて色目を使ったら、いつもはしないのに、後悔するような行動に出るかもしれないでしょう」

ジェシーは笑わずにいられなかった。ドーラの話を聞いていると、まるで自分が船乗りを惑わしたという海の精《セイレン》に思えてくる。そんなことは断じてないのに。この一年、少しも仕事をくれなかった男たちにきいてみればいい。

ドーラは自分が何を言っているかわかっていないのだ。とくに今夜の相手に関しては。なにしろドーラは六十六歳だから。彼女が若かったころは、男性がもっと道義心を重んじていたのかもしれない。

「本当よ、ドーラ。奥さんたちがジャック・キーガンのような私立探偵を訪ねて、彼が請求する大金を支払うのは、自分の夫が女遊びしているのをすでに確信していて、単に弁護士に提出する証拠が欲しいだけなのよ」

ジェシーはドーラが手にしていた写真をとりあげ、水色の目を見下ろした。

「ここに写っているカーティス・マーシャルは、まじめに働いているのに誤解されている、かわいそうな人なんかじゃないわ。道をそれた遊びをしてきて、今まさにつかまろうとしているところなのよ！　さあ、本当にもう出かけなくちゃ。その前にちょっとエミリーの様子を見てくるわ」

ジェシーは写真をバッグにしまい、足音を忍ばせて寝室をのぞきに行った。エミリーは上掛けをはねのけ、ぐっすり眠っている。かなり暖かい夜だったので、彼女は天井の扇風機をつけて弱に設定し、娘に上掛けをかけてやった。エミリーはごく最近小児用のベッドを使うのをやめたばかりで、大きなベッドの上ではあまりに小さく見える。

その額にキスをし、ジェシーはしばらくそこにたたずんでエミリーの寝顔を見守った。

いつもながら、わが子に対する愛情で胸がいっぱいになる。

母親になったとき、いちばん驚いたのはその点だった。赤ん坊を腕に抱いた瞬間から、ジェシーは自分が感じた無条件の愛に圧倒された。

母が私を産んだときも、同じような経験をしたのだろうか？

そうは思えなかった。子供に対する母親なりの愛情があったにしても、そこには羞恥心《しゅうち》が暗い影を落としていたに違いない。

そんな苦々しい思いを断ち切るようにジェシーはふたたび身をかがめ、エミリーの顔にかかる黒い巻き毛を払って頬にキスをした。

「ぐっすり眠るのよ、ダーリン。ママはすぐに帰ってくるわ」

彼女はキッチン兼居間に戻った。

「ドーラ、ここで娘の子守りをしてくれてありがとう」

「どういたしまして」ドーラはすでにテレビの前のソファに腰を落ち着けている。

「紅茶とビスケットのありかは知っているわよね」

「私のことなら心配しないで。今夜は八時半から映画が始まるの。あと十分だわ。あなたはもう出かけなさい。それと、何度も言うようだけど、終わったらタクシーで帰ってくるのよ。とくに金曜の夜遅い時間に電車に乗るのは危険だから」

「あまり遅くならないといいんだけど」

「ジェシーったら。帰りはタクシーにすると約束してちょうだい」ドーラがいかめしい顔で念を押す。

「必要だと思ったらそうするわ」

「あなたって、本当に頑固なところがあるわね。自分でわかってる？」

ジェシーはにっこりした。「そうよ。それでもあなたは私のことが好きなのよね。じゃあ」ドーラの頬に軽くキスをしてジェシーはバッグをつかみ、ドアに向かった。

2

ケインはカウンターに座ってスコッチのダブルをちびちび飲みながら、思いどおりにならない人生についてあれこれ考えていた。

たった今、双子の弟から聞いた話が信じられなかった。みじめな結婚生活がいやで、妻と子供たちの待つ家に帰る代わりに、毎週金曜日にはこのバーで過ごしているという。ときには、家庭内の緊張関係と口論から逃れるため、週末にもオフィスに行くことがあるとまでカーティスは打ち明けた。

ケインにとってこれ以上のショックはなかった。ここ数年、カーティスに嫉妬《しっと》していたのだ。彼の選んだ妻と二人のすばらしい子供たち、うわべは完璧《かんぺき》と思える家族がいることを。

それなのに、弟の家庭生活が、ケインの思い描いていた夢のような世界とかけ離れていたとは。どうやら弟の妻のリサは、子育てだけの生活に不満を感じているらしい。昼間、大人の話し相手がいないのに飽きて、寂しかったようだ。そのうえ、二歳のジョシュアがこの一年で手に負えないいたずらっ子になってきて、四歳のキャシーは四六時中かんしゃくを起こし、夜はなかなか寝ようとしない。そういう状況にリサは対処できなくなり、夜の夫婦生活は皆無だという。

昔からコミュニケーションが苦手だったカーティスは家を留守にすることが多くなり、今やリサは彼と口をきかなくなっているらしい。

それで、妻が子供たちを連れて家を出るのではないかと恐れたカーティスが今夜、電話で兄に助けを求めたというわけだ。

ケインはオフィスで遅くまで仕事をしていたのだが、急いでバーに駆けつけた。双子の弟が傷ついたり危険にさらされたりすると、そうするのが常だった。よちよち歩きのころからいつもケインがカーティスを助けてきたのだ。

十分前までカーティスはビールを飲みながらこぼしていた。〝僕は家族を愛している。失いたくないんだ。どうしたらいいか教えてくれ、ケイン。いつだって解決してくれたじゃないか。頼む、僕はどうしたらいいんだ！〟

これにはケインも目を丸くした。兄は魔法の杖《つえ》をひと振りするだけで適切な言葉とともに問題を解決してくれる、とカーティスが思ったとしても、理解できなくはない。仕事において望むものを手に入れる方法、それを人に説いてケインがひと財産築いたのは、まぎれもない事実だ。彼が開く自己啓発セミナーには大勢の人間が集まる。ベストセラーになった本『仕事で成功する方法』は海外の主な国でも話題になっている。

今年の初め、本の販売促進のためにアメリカ国内を駆け足でまわった結果、売り上げが驚くほど伸びた。

しかし、アメリカでのあわただしいスケジュールのせいで心身ともに消耗し、帰国後は講演の仕事を極力減らすようにしていた。長い休暇をとろうかと考えていたところへ、友人のハリー・ワイルドから連絡があった。十二月に妻と子供たちを連れてクルージングに出かけるあいだ、小規模ながら非常に繁盛している彼の広告代理店を監督してくれないだろうかと頼まれたのだ。

ケインはそのチャンスに飛びついた。環境を変えるのは休暇と同じ効果がある。自分の理論が実際にどんな分野の経営陣にも適用できるかどうか試してみたかった。これまでのところは成功している。

　ただ、仕事で成功するための戦略が必ずしも私生活にまで及ばないのは不運だ。とくに彼の場合、一度結婚に失敗していて、新しい恋愛関係の見込みもない今、弟に結婚生活にまつわるアドバイスをするのは適任でないかもしれない。

　とはいえ、ひとつだけ確かなことがある。バーのカウンターに座ってビールを次々と飲みほしていても、なんの解決にもならない。人生から逃げていたのでは何も解決できない。

　もちろん、それこそがカーティスの性格だった。いちばん簡単な方法、問題から逃げることを選ぶのが。双子の兄弟でも、カーティスのほうはいつも内気で、なかなか自己主張をせず、誰かの保護を必要としている。だがケインのような自信ややる気、大望はなくても、頭はいい。彼が会計士になる決心をしたときもケインは驚かなかった。

　それでも、ケインと双子であることはカーティスにとって脅威だったに違いない、と想像がつく。自信に満ちあふれたケインを見習うのは、並大抵ではないはずだ。

　とはいえ、カーティスもいい加減、人生に正面から立ち向かってもいいころだ。美しい妻と二人のかわいい子供たちがいるのに。理由はともあれ、家族が苦しんでいてカーティスを必要としているのだ。人間関係についての専門家と称する人たちがなんと言おうと、夫が家長であるべきだとケインは信じている。

　今のカーティスはまるで臆病《おくびょう》者だ。だからといって、それを弟に言ったわけではない。ケインが経営陣にアドバイスするときの第一原則は、部下や同僚を批判したり権力で押さえつけたりしてはいけないというものだ。ひとりひとりの欠点を指摘するより、称賛したり激励したりするほうがはるかに効果がある。

その理論に照らし、ケインは自分がセミナーで披露している、やる気を起こさせる講義のなかでも最高のものをカーティスに話して聞かせた。彼がどんなにいい人間かという話を。兄弟として、息子として、夫として、父親としてどんなにすばらしいか。どんなにすぐれた会計士であるかも。彼は毎年、複雑きわまりないケインの納税申告書を処理してくれている。

そして妻のリサがどんなに彼を愛しているか、彼と別れることなど絶対にありえないと言って、自信をとり戻させた。

カーティスが妻をそこまで愛していないのなら話は別だが。

家に帰って、どんなにリサを愛しているか伝えるんだ、彼女が必要としているときに力になれなくて悪かったと謝るんだ、とケインは勧めた。これからはそんなことはしないと熱心に誓い、どうしてほしいか尋ねろと。

〝そして、リサが涙ながらに腕に飛びこんできたら、さっさとベッドへ連れていって、これまでなかったほど熱烈に愛しあうんだ！〟

それでもカーティスがためらっていたので、明日は自分が弟の家に立ち寄って精神的に援助し、リサや子供たちが喜ぶような助言をするからとまで約束した。

離婚は自分だけでたくさんだ！　カーティスとリサまでが別れるようなことになったら、両親は卒倒するだろう。

ケインは首を振り、グラスをまわしながら琥珀《こはく》色の液体を見つめた。そもそも僕はなぜナタリーと結婚したのだろう。頭がいいはずの人間にしては、軽率な行為だった。二人の結婚生活は最初から失敗する運命にあったのだ。

「ねえ」

ケインが驚いて振り返ると、ブロンドの美しい女性が人の気をそそるようなしなを作って隣のスツールに腰かけた。何もかも見せびらかすように装っている。それだけのことがあるのは否定できないが。ほんの一瞬、ケインは男性としての本能が芽生えるのを感じた。その目を見るまでは。

きれいだが、うつろな目だ。ケインはうつろな目をした女性に興味がなかった。

ナタリーは聡明《そうめい》な目をしていた。

彼女が子供を欲しがらなかったのは残念だ。

「誰かにつきあってほしそうに見えるわね」ブロンドの女性は指でバーテンダーに合図をし、シャンパンを頼んだ。「大変な一週間だったの?」ケインに視線を戻してきく。

「いや、いい一週間だった。今夜はあまりよくないが」ケインはまだカーティスの抱えている問題のことを考えていた。

「寂しいのって最悪」

「僕は寂しいわけじゃない。ひとりでいるだけだ」

「もうひとりじゃないわ」

「ひとりになりたいかもしれないだろう」

「ひとりになりたい人間なんていないわよ」

ブロンド女性の言葉は痛切に胸に響いた。彼女の言うとおりだ。ひとりになりたい人間なんていない。ケインも含めて。だが、協議離婚であっても、人は慎重になるものだ。ナタリーと別れて十五カ月、正式に離婚が成立して三カ月。いまだに新しい出会いはない。一夜だけの情事の相手をするという誘いはあったが、それさえ断っている。

一夜だけ、週末のあいだ、いえ、それ以上でもいいという女性からの誘いもあった。しかしケインは、そういう出会いにもはや興味がなかった。カーティスのような家庭が欲しい。自分のキャリアに夢中になっていない女性、少なくとも数年間は喜んで仕事とを考えていた。

を休み、専業主婦、そして母親になりたいと思っている女性に出会いたい。

そんな女性が今どきいるかどうか。ケインが魅力的だと感じる女性は、きまって仕事に夢中になっている。頭がよくて、陽気で、遊びにも熱心で、セクシーな女性たち。彼女たちは、家庭の主婦や母親になる興味などこれっぽっちもない。

「ねえ、元気出してよ」隣のスツールからブロンドの女性が言った。「もう一杯飲んだら?」

やめておいたほうがいいのはケインも承知していた。今夜は何も食べていないので、ウイスキーの酔いがまわっている。ブロンドの女性に興味はない。かといって、誰もいない家に帰るのも気が進まない。一杯だけ彼女につきあおう、それから適当な言い訳をして店を出よう。

3

毎週金曜日、カーティス・マーシャルが通いつめているバーは〈セラー〉という店で、その名のとおり、地下にあった。階段は狭く急で、十二センチのハイヒールをはいているジェシーは自然と慎重な足どりになった。

煙より先に音楽が耳に届いた。

ジャズだ。

ジェシーのいちばん好きな音楽とは言いがたい。でもそんなことはどうでもいい。楽しむために来たわけではないのだから。仕事をしに来たのよ。

注意深く最後の数段を下りようとしていたジェシーに、開いたドアのそばに立つ用心棒がさっと品定めの視線を向けた。

「なかなかいいね」前を通る彼女に、用心棒がつぶやく。

ジェシーは応じなかった。肩をいからせ、さらに煙のなかを進む。あまり込んでいない店内をざっと見渡していると、暗い照明に目が慣れてきた。九時というのは中途半端な時間なのだろう。金曜日に仕事を終えて一杯飲む客の大半はすでに帰り、週末を徹底的に楽しもうというパーティ好きの連中はまだ来ていない。

ジェシーがこのバーに来たのは初めてだった。名前を聞いたこともない。行きずりの相手を探す場所として有名だと教えてくれたのは、ジャック・キーガンだ。

店内の装飾は、禁酒法が施行された一九二〇年代にもぐりで営業していた酒場の雰囲気で、木や革や真鍮《しんちゅう》がふんだんに使われている。壁際にボックス席が設けられ、あとはところ狭しとテーブルや椅子が並び、片隅にバンドがいて、その前に狭いダンスフロアがあった。

奥の壁際に半円形のカウンターがあり、革張りのスツールが十二脚ほどまわりを囲んでいる。ずらりと並んだボトルの後ろの壁は鏡になっていて、カウンターに座る客の顔がジェシーにも見えた。

全部で六人。

目的の男性はすぐに見つかった。彼はカウンターのまんなかに座り、その左側にブロンドの女性がいる。彼の右手にはあいたスツールがいくつかあった。ジェシーがその場にたたずみ、眺めていると、ブロンド女性が体を傾けて男性に何やら話しかけた。彼が指を上げて合図するとバーテンダーが寄っていったので、鏡に映る男性の顔がジェシーの視界から一時的に消えた。

一杯おごってよとブロンドがねだったのかしら？

まさに男性の妻が疑っていたとおりのことをしている最中なの？

もしかしたら、あのいやな男を誘惑しなくてもすむかもしれないと気づいて、ジェシーはほっとした。今すぐあそこへ行けば、自分を卑下するようなまねをしなくても、ほかの女性を口説いている証拠を手にできるかもしれない。

カウンターに歩み寄るジェシーの鼓動は速くなり、胃がねじれそうだった。間接的にせよ、こんなことはしたくない。

報酬のことを考えるのよ。男性から二つ右側にあるスツールに座りながら、彼女は自分に言い聞かせた。クリスマスの朝、サンタにお願いしたプレゼントを開けるときのエミリーの輝くような笑顔を思い浮かべるのよ。

自己暗示が少しは役に立った。磨きあげられた木のカウンターにバッグを置いたころには、ジェシーはいくらか平静をとり戻していた。何げなく携帯電話をとりだし、着信メッセージを確認するふりをして、ビデオのスイッチを入れる。

「ありがとう」シャンパンの入ったグラスを目の前に置かれて、ブロンドの女性はバーテンダーに礼を言った。「何に乾杯する？」

バーテンダーが立ち去ると、ジェシーはふたたび鏡に映る男性の顔を観察することができた。

ハンサムなのは疑いようもない。しかも写真よりはるかにハンサムだ。もっと円熟して見える。髪型も変わっているので、バッグに入っている写真は数年前のものかもしれない。髪の色は写真と同じ茶色だ。けれど、全体にウエーブした長めのヘアスタイルの代わりに、サイドも後ろも短く刈られ、頭頂部は短い毛が立っている。

その髪型のせいで、青い目がさらに強調されて見えた。

それも写真とは異なっている点だ。彼の目。写真では水色で、夢見るような表情をしている。実際は、この男性の目は氷のように冷たい青で、やわらかいという印象はどこにもない。

ジェシーにはまだ気づいていない。

「結婚生活に乾杯」男性がグラスを掲げた。

「結婚？」ブロンド女性があざ笑う。「結婚ほど時代遅れの制度はないわ。離婚に乾杯しましょう」

「離婚は社会に暗い影を落とすものだ」男性の口調が鋭い。「離婚には乾杯したくない」

「それじゃ、セックスに。セックスに乾杯しましょうよ」女性が挑発するようにグラスを合わせる。

カウンターの後ろにある鏡でこっそり男性を観察していたジェシーは、彼が女性のほうにゆっくり顔を向けるのを見た。その顔には皮肉な笑みが浮かんでいる。

「きみは一緒に飲む相手を間違えたようだな。誤解させたのなら謝るが、僕はきみが求めているような相手じゃない」

ジェシーはスツールから転げ落ちそうになった。どうなっているの？　彼には道義心があるの？　ミスター・マーシャルに関してドーラが言ったことは正しかったのかしら？

「本気なの？」

「本気だ」

「後悔するわよ」女性はシャンパンの入ったグラスを手にスツールを下り、バンドの近くのテーブルへ気どって歩いていった。

十秒とたたないうちに、カウンターの端に腰かけていた男性がビールグラスを持って彼女に合流した。

ジェシーがふたたび鏡に目をやると、今夜の調査対象となる男性がようやく彼女の存在に気づいて見つめていた。鏡のなかで視線が合った瞬間、ジェシーの体はもう何年も忘れていた反応を示した。実際に心臓がひっくり返り、どきどきしたかと思うと、またしてもひっくり返った。

視線をそらしなさいと頭のなかで叫ぶ声がするのに、体が言うことを聞かない。

突然、二人のあいだのスツールに別の男性が腰を下ろしたせいで、彼女は現実に引き戻された。

「ここでは見かけたことのない顔だな」侵入者はアルコールのにおいをぷんぷんさせ、舌をもつれさせている。「一杯おごらせてくれ」

年のころは四十あまり、背が低く、かなり酔っ払っている。体に合わないビジネススーツを着た男は、高級仕立てのイタリア製スーツを着ている今夜の標的とは比較にもならない。

「いいえ、けっこうよ」ジェシーはよそよそしく断った。「自分のお酒は自分で注文するから」

「男女同権主義ってわけか。おれはそれでもいいさ。安上がりで助かる」

「それにつけ加えるなら、ひとりで飲むのが好きなのよ」ジェシーの口調は鋭かった。

酔っ払いが笑った。「あんたのようにセクシーな女がひとりで飲んじゃいけないな。どうしたんだ。男に振られたか、それとも、おれさまじゃ老けすぎだと言いたいのか。大丈夫。肝心なところはまだ大丈夫さ。ほら、見せてやるよ……」

男がスラックスのファスナーに手をかけると、二つの大きな手が彼をわしづかみにしてスツールから引きずりおろした。

「おまえに見せてやるものがある」標的の男性が言った。「出口だ！」

ジェシーは呆然《ぼうぜん》と口を開けたまま、思いがけず現れた輝く鎧《よろい》に身を包んだ騎士が酔っ払いを用心棒のところへ引っ張っていくのを眺めていた。用心棒が酔っ払いを店から連れだす一方、ジェシーの騎士はカウンターを目指して戻ってきた。

今や自分が見とれているのはそのハンサムな顔だけでないことにジェシーは気づいた。

高価な淡い灰色のスーツに覆われている彼の広い肩には一種独特の趣がある。事態を収拾したやり方。それにジェシーに向けられた微笑にも。

突然、今夜支度をしながら考えていたことが思い出された。どこかの魅力的な男性の腕に抱かれて、それから……。

ほかならぬ目の前の男性の腕に抱かれたらどんなに満足させてくれるだろうか。彼は断然魅力的だ。けれど、彼が結婚しているのも事実だ。彼はもともと自分がいたスツールではなく、先ほどまで酔っ払いがいたジェシーの隣に腰かけたので、彼女は息が止まりそうになった。

ドーラの言葉がよみがえる。ジェシーのような女性を送りこんで男性を誘惑させるのは、フェアではないと。今夜の標的となる男性が彼女の誘惑に負け、後悔するようなことをするのではないかと。

でも、その心配はない。さっきのブロンド女性はとても魅力的だった。もし彼が誘惑に負けるような男性なら、なぜ彼女には落とせなかったの？

もしかしたら彼はブロンドの女性が好きではないのかもしれない。ひょっとしたら脚の長い黒髪の女性が好みなのかも。あるいは、あまり露骨な態度を見せない女性が好きなのかも。

男性が特定の女性に惹《ひ》かれるには、さまざまな理由があるものだ。

この男性はたしかに私に惹かれている。彼の目を見れば、それに心臓が止まりそうになるくらい魅力的な笑みを見れば明らかだ。

「ど、どうもありがとう」ジェシーは口ごもった。

「お礼をする気持ちがあるなら、もう一杯スコッチをおごってくれないか？」男性はグラスに残っていたウイスキーを飲みほした。「それとも、本当にひとりで飲みたいのなら別だが」またしてもジェシーに笑みを向ける。

彼女は完全に心臓が止まった気がした。

今すぐここを出なさいと良心の叫ぶ声がする。この男性は魅力的なだけでなく、とんでもなく危険だから！

「彼を追い払おうとしていただけよ」ジェシーはぼんやりと答えた。

「僕もそうであってほしいと願っていたよ。何を飲む？　男が女性におごってもらうわけにはいかないからね」

ジェシーは喉をごくりとさせた。いったいどうするつもり？　彼をそんな目で見るのはやめなさい。今すぐ！

私は仕事をしているだけよ、と自分に言い聞かせる。これで報酬を得ているんですもの。標的を誘惑しているのよ。彼がどんな男か試しているのよ。だから、楽しんではいけない！

「ありがとう、ダイエットコーラをお願い」

男性の眉がつりあがった。「バーに来てダイエットコーラを注文？　そいつはおかしいな。それなら自動販売機で買える」

「話し相手を見つけたくて来たのかもしれないでしょう」ジェシーは誘うように言った。すぐにでも彼が不謹慎なことを言ってくれないかと願った。そうすれば仕事は完了だ、ここを出ていける。

「きみみたいな女性がそんなことをする必要があるとは思えない。いろんな男に誘われるだろう」

それは事実だけれど、ジェシーは誰も相手にしなかった。ジェシーにデートを申しこんだことのある男性は、彼女に対して二つのうちのどちらかだというレッテルを貼《は》りたがる。ウエイトレスをしているふしだらな女か、あるいはシングルマザーで自暴自棄になっている女か。彼女といつ、どこで会うかによって、意見は異なってくる。

いずれにしても、そういう男たちが彼女に何を期待しているか、ジェシーにはわかっていた。機知に富んだ会話でないことはたしかだ。

彼女はいつも誘いを断ってきた。

一夜だけの情事の相手をする気は毛頭ない。そんなことに興味はなかった。

今夜までは……。

「スコッチ＆ソーダをもう一杯頼む。それと、こちらのご婦人にはバカルディ＆コーラを。ダイエットコーラにしてくれ」

ジェシーは反発した。「バカルディ＆コーラは好きじゃないと言ったら？」

「こういうところで入れるバカルディの量なんて、大したことはない。それくらいきみだって知っているだろう。コーラの味しかしないさ」

「それもそうね」ジェシーは認めた。

「ところで、さっきの男も言ってたが、ボーイフレンドに振られたのか？　だからひとりなのか？」

「まあ、そんなところよ」

「なるほど。神秘に包まれた好奇心をそそる女性というわけか。いいねえ。いつもとは趣向が違うほうが楽しいから」

「何と違うの？」

「会ったとたん、自分の人生の話を始める女性とはね」

「しょっちゅうそういうことがあるの？」

「多すぎるくらいだ」

「向こうにいるブロンドの女性も？」

「いや。彼女には別の目的があったらしい。どうやら望みのものを手に入れたようだ」

ジェシーがさっと横目で見ると、ブロンドの女性は先ほど彼女に接近した男性と店を出るところだった。彼女の部屋へ行くのだろう。あるいは彼の部屋だろうか。それともホテル？

「たいていの男性ならチャンスを逃さなかったでしように」

「僕はたいていの男じゃない」

「そうね。見ればわかるわ」

注文した飲み物が運ばれてきて、ジェシーは胸を締めつけていた緊張感からしばし解放された。見た目の冷静さとは裏腹に、内心はかなり動揺していた。この男性が好きになってきた。好きだなんてものじゃない。完全に魅了されてしまった。それにセクシーだ。ええ、とても。

「それで、あなたはどうなの？」彼に話題を振り、結婚していることを認めさせようとした。二人のあいだで話題になるかもしれない問題のことで心配したくなかった。

「僕がなんだって？」きいてから彼はスコッチをぐっと飲んだ。

「あなたこそガールフレンドに振られたの？　だから今夜はひとりなの？」

彼はさらに飲みながら、質問について考えているようだ。

本当のことを言ってしまいなさいよ。悪いのは自分だと。ジェシーは叫びたくなった。どんなに神経をすり減らしていたとしても、彼は妻と子供たちの待つ家庭に帰るべきだ。たしか離婚は社会に暗い影を落とすと言っていた。彼自身、離婚問題の渦中の人間になりたいのだろうか？

ようやく顔を上げたケインはジェシーにゆがんだ笑みを向けた。「こうしよう。きみの言うことを手本にするよ。今夜は過去の恋愛問題に触れるのはやめだ。どうも僕はしゃべりすぎる傾向があるらしい。さあ」グラスを置いて続ける。「まともな音楽に変わった。踊らないか」

ジェシーは身をこわばらせ、バカルディ＆コーラをひと口飲んだ。「踊る?」

　相手はすでにスツールから下りて、手をさしだしている。

「頼むからノーと言わないでくれ。ただのダンスなんだから。ご婦人のバッグを見ていてくれないか」彼はバーテンダーに声をかけた。「携帯電話もしまったほうがいい。そんなしゃれたのを盗まれるのはいやだろう」

　ジェシーはためらったが、次の瞬間には携帯電話をバッグに入れて彼に手をさしのべ、導かれるまま狭いダンスフロアに向かっていた。

　ケインの腕のなかに抱き寄せられながら、これはただのダンスよと自分に念を押す。

　問題はそのダンスがいつまでも続いたことだ。スローなダンス。官能的なダンス。欲望をそそるダンス。互いに体を押しつけあっていたので、ジェシーは両腕を彼の首にまわすしかなかった。両胸は引きあげられ、筋肉質の固い胸板にこすられるかたちになった。ケインは両手を繰り返し彼女の背筋に這《は》わせていたが、やがて片方の手をウエストのくびれで止め、もう片方を下へとすべらせていった。ドレスの薄い生地を通して手のひらの熱で焼き印を押されているようだ。胸の鼓動が速くなる。肌全体が自分の体の奥から発せられる熱で赤く染まっていく。ジェシーはめまいをおぼえた。興奮し、性的欲望を刺激される。

　それは彼女だけではなかった。ケインの高まりがはっきりと感じられた。

　ジェシーが彼のうなじの刺青《いれずみ》を指先で軽くたたくと、ケインは踊るのをやめて一歩下がり、彼女の目をのぞきこんだ。

「ずいぶん長いあいだこんなことをしなかったと言ったら、信じてくれるかな?」低く深みのある声がささやく。

「なんのこと？」ジェシーの声は震えている。

「バーで女性に近づいて一緒にホテルへ行こうと誘ったりすることさ」

ジェシーは息が止まりそうになった。世界が傾き、自制心が失われていく。何も考えずイエスと言いなさいという声が聞こえる。彼が望むことならなんでもいいから、イエスと。これまでの人生において、今この瞬間に感じているようなことは一度もなかった。亡くなったライアル相手でも。

これはまったく異次元のものだ。はるかに力強く、かぎりない危険性を秘めている。

「いいかい？」ケインが欲望にけぶる目で彼女を見つめてきく。

ジェシーはひと言も口にしなかった。だが、彼女の目が何かを訴えていたのだろう。

「自己紹介するのはよそう。今はまだ。それはあとでいい。この瞬間、僕たちが共有しているものを壊したくない。こんな気持ちは初めてだ。きみも同じだと言ってくれ。僕がきみを欲しいと思っているように、きみも僕が欲しいと言ってくれ」

ジェシーは口にできなかった。だが、全身全霊で彼にしがみつかずにはいられなかった。彼女がどんなに彼を渇望しているか、ボディランゲージがそれを物語っている。

「あなた、本当にしゃべりすぎよ」

ケインは身震いとともにため息をもらした。安堵《あんど》のため息か、それとも二人を襲った性的な緊張感をいくらかでもほぐそうとしているのだろうか？

「じゃあ、本当に一緒に来てくれるんだね。さあ、今すぐ」

それは質問ではなく、命令だった。

彼はすばらしいセックスの相手になりそうだ。それは疑いようがない。あらゆることに精通していて主導権を握り、多くを求めるだろう。ジェシーがよく空想していたような男性。そして今、彼女が切望している男性。

「その……その前に化粧室へ行きたいわ」必死で彼から逃れようとして、ジェシーは思わず口走っていた。距離をおくことによって、彼にかけられた魔法が解ければ、正気をとり戻して逃げだせる。

「僕もちょっと行ってきたほうがよさそうだ。カウンターで落ちあおう」

ジェシーがカウンターでケインと落ちあうことはなかった。化粧室に二十秒ととどまらずに引き返した彼女は、バーテンダーからバッグをとり返して出口へ急いだ。ウィンヤード駅まで走りつづけ、北行きの電車に飛び乗る。

あのバーに足を踏み入れて三十分しかたっていなかったが、彼女には一生分の長さにも思えた。

4

「電話が鳴ってるよ、ママ」エミリーがジェシーのジーンズを引っ張った。「ねえ、ママ、聞いてる？電話が鳴ってるよ」

「なあに？ああ、そうね。ありがとう」

ジェシーは濡《ぬ》れたTシャツを洗濯かごに戻し、裏口のドアを目指して庭を走っていった。

いったい誰かしら。ジャックには電話でゆうべの報告をすませた。ジェシーは、自分が嘘《うそ》をついているのが発覚するのではないかと体がこわばったのを覚えている。

ひと晩考えた結果、証拠不充分としてミスター・マーシャルに有利に解釈することにしたのだった。

ジャックにはブロンド女性との件だけを報告し、その後のジェシーとの会話には触れなかった。ビデオのその部分も消してある。

捜査の対象となった男性が魅力的なブロンド女性の誘いを断ったと報告すると、驚くには値しないとジャックに言われて、ジェシーは唖然《あぜん》とした。払いこんだ費用は返してもらう必要はないので、夫の尾行を中止してほしいと、今朝、男性の妻からあせって電話があったらしい。すべては彼女の勘違いだったと。ゆうべ夫が帰宅してすべて説明してくれたので、彼女は納得したという。

その時点で、ゆうべマーシャル宅で何が起こったか想像はつく、とジャックは説明を加えた。

〝いつものことながら、わかるんだ〟ジャックは冗談めかして言った。〝奥さんたちの声には一種独特の響きがある。恥ずかしさと自信が入りまじったような声をしている。われらがミスター・マーシャルは、めでたしめでたしというところかな。ゆうべは彼らの寝室の様子をひそかに観察したかったことだけはたしかだが〟

そのイメージが午前中ずっとジェシーの頭から離れなかった。ゆうべ彼女が一緒にダンスをした男性、あれほどまでに彼女をベッドに誘いたがっていた男性が妻と愛しあっているところを観察している自分の姿も。

夫が妻と愛しあうのを嫉妬《しっと》するのは不道徳だとジェシーにもわかっている。彼のベッドにいるのが自分ならよかったのにと想像するのも。なんて途方もないことを！

電話のベルにせかされるようにして家に駆けこみながらも、欲望に燃えた彼の目が脳裏に浮かび、情熱的なその声が聞こえ、ジェシーの体に押しつけられた彼の高まりが思い出された。

ずいぶん長いあいだこんなことはしなかったと言

ったのは本当だったのだろうか？　あんなふうに女性を誘ったり、感じたりしたのは初めてだと彼は言ったけれど。

ジェシーは彼の言葉を信じたかった。ひょっとしたら、見た目より酔っていたのかもしれない。あるいは、長いあいだ夫婦生活から遠ざかっていた可能性もある。最初に視線が合った瞬間から二人のあいだに何か特別な感情があったと思うのは、実にばかげている。

ジェシーのなかのロマンティックな部分がそう思わせているだけだ。男性は女性と考え方が違う。とくにセックスに関しては。彼にとって私は一夜限りの情事の相手にすぎなかったのだ。

彼女がこっそり逃げだしたと知って、彼はほっと胸を撫《な》でおろしたかもしれない。あるいは、罪悪感と恥ずかしさから急いで帰宅し、本当に妻と仲直りしたのかも。ジェシーによって引き起こされた欲望を、もはや興味をそそられなくなった女性と愛しあうのに利用したのかもしれない。

なぜそんなことをするの？　子供たちのため？

おそらくそうだろう。クリスマスが目前に迫っている。クリスマスは家族そろって迎えるべきだ。たしか彼は離婚に反対だったはず。そう話しているのをジェシーは耳にした。それに結婚生活に乾杯していた。

結婚生活が彼にとって大事なのは明らかだ。

彼のことを考えるのはやめなさい。キッチンの壁にかかっている電話をすばやくつかみながら、ジェシーは決心した。ゆうべのことは終わったのよ。二度と彼に会う機会はないのだから。

「もしもし」息を切らして電話に出る。

「ジェシー・デントン？」

「ええ、そうですが」

「〈アドスタッフ〉のニコラス・ハンクスです」

「え？　どなた？　ああ、職業紹介所の〈アドスタッフ〉ね。ごめんなさい。しばらくご連絡がなかったものだから」

「そうだね。前にも説明したように、目下グラフィック・アーティストの買い手市場はあまり活況ではないんだ。ただ、きのう要請がひとつあって、すぐにきみのことが浮かんだもので」

「本当に？　でもなぜ私が？」最初は飛びあがるほど興奮しても、過去の経験から、ジェシーはそれを抑えることをおぼえた。職業紹介所の人たちは生来、楽天的なのだ。彼らの言い分は、多少割り引いて聞く必要がある。

「今回依頼してきた広告代理店は、すぐにでも仕事を始められる人材を探している。現在ほかの会社ですでに雇われている人は面接したくないそうだ」

「それで、どこの代理店ですか？」

「〈ワイルド・アイディアズ〉だ」

「まあ！　ぜひあそこで仕事がしたいわ」

それは誰でも同じ気持ちだろう。〈ワイルド・アイディアズ〉は、ほかの広告代理店に比べて小規模ながら、革新的でかなりの成功をおさめている。経営者は広告業界の美男子ハリー・ワイルドで、ほかの代理店からクリエイティブ・デザイナーをスカウトするのでなく、天賦の才があるグラフィック・アーティストを昇進させることで定評がある。

「そう言うと思っていたよ。面接は月曜日の朝十時からだ」

「まあ、そんなに早く？」レストランに電話しなければ。幸い、月曜日はいちばん店が暇なので、早めに連絡すれば臨時の人を頼めるだろう。

「必要ならすぐにでも始められるんだね？」

「もちろん。でもこの際はっきりさせましょう。合格する可能性はどれくらいあるのかしら？」

「現実には五分五分だな。きのうの午後、こちらに登録している何人かの履歴書を送ったんだが、先方は早くも二人にしぼっている。きみはそのうちのひとりだ。どうやらこのポストを大至急決めたいようで、確実な候補者がいるのなら、自称クリエイティブ・デザイナーの面接に時間を無駄にしたくないらしい。ジェシー、きみの作品集が記憶に残っているから言うんだが、きみには先方が求めている才能がある。面接時の印象もいい。正直なところ、前に紹介したイラストの仕事ですぐに採用されなかったときは驚いたくらいだ」

ジェシーはため息をついた。「私は驚かなかったわ。表向きと違って、雇用主はシングルマザーを採用するのはいやなのよ。正面切っては言わないけど、きっと子供が病気になると休みたがるような事態を心配しているのね。私にとっての障害はずっとその点だったの」

「ジェシー、きみの履歴書にはシングルマザーと明記されている。〈ワイルド・アイディアズ〉は先刻承知だ。それでもきみを指名してきたんだよ。先方はきみがシングルマザーだからといって思いとどまらなかったじゃないか。娘はフルタイムの保育所にあずけているんだろう?」

「ええ。でも……」

「ためらっている場合じゃない。ほかの働く母親たちと条件は同じだよ。〈ワイルド・アイディアズ〉にとって大事なのは、きみの創造力やプロとしての態度、それに信頼に値するかどうかだ。この三つの点で彼らにいい印象を与えられれば、ポストは間違いなくきみのものだよ」

「でも、候補者がもうひとりいると言わなかった?」

「それは、まあ」

「その人も私と同じくらい適任なんでしょう?」

「うーん。そうとも言えるし、そうでないとも言えるし」

「どういう意味？」

「いいかい、もうひとりの候補者について僕が否定的なことを言うはずがないだろう。彼女も当紹介所に登録しているんだから」

彼女。女性なんだわ。

「面接に何を着ていったらいいか、ヒントをあげよう。あまり派手な格好や斬新《ざんしん》なスタイル、セクシーなものは避けるように」

「でも私、そんな格好はしたこともないわ。知っているでしょう。いつも地味な服ばかりよ」

「そうなんだが、〈ワイルド・アイディアズ〉へ面接に行くからには、ある種のなんというか……イメージを与えようとするかもしれないと思って。僕を信じてほしい。地味な服装をしていったほうが、あの会社に就職できる可能性は高くなる」

「スーツか何かという意味？」

「それはちょっとやりすぎかもしれない。洗練されていながらカジュアルなものがいい」

「ジーンズではくだけすぎかしら？　穴があいたりしていない、ダークブルーで流行のものなの。白いシャツとジャケットを合わせるとか」

「ああ、申し分ない」

「髪はアップにするわ。下ろしたら、少しラフに見えるもの。化粧はしたほうがいいかしら？」

「あまり濃くない程度に」

「わかったわ」もうひとりの候補者はおそらく派手な女性で、性的魅力を武器にするようなタイプなのだろうとジェシーは想像した。広告業界では珍しいことではない。危険な魅力を秘めた女性は好意を持たれないと、ニコラスはそれとなく忠告しているのだ。「ほかに知っておいたほうがいいことはないかしら？」

「ああ。いつものきみらしく正直でオープンなら、すべてうまくいくと確信しているよ」

「ご親切にありがとう」

「どういたしまして。もっと早く仕事を見つけてあげられなくて悪かったと思っている」

「この仕事だってまだ決まったわけじゃないわ」

「決まるさ」

　ジェシーは彼ほどの自信が欲しかったが、結果が出ないうちに喜んではいけないと、これまでの人生から学んでいた。

「そろそろ切るよ、ジェシー。別の電話がかかってきた。月曜日、うまくいくことを祈ってる」

　ジェシーは受話器を戻し、裏庭で遊んでいるエミリーのことを思い出した。

　子供から少しばかり目を離しすぎたと気づいた母親なら誰でも経験するように、胸の鼓動が速くなる。

　エミリーが問題を起こすような子供というわけではない。それどころか、逆にじっくり考えてから行動に移す子だ。静かなことが好きで、高いところに上ったりしないし、ばかなまねもしない。父親とは大違いだ。なんといってもずっと頭がいい。

　それでもジェシーは急いで裏庭に戻り、いつものように大きないちじくの木の下にいる娘を見つけたときは、ほっと胸を撫でおろした。

　エミリーはすばらしい想像力の持ち主だ。その点、ジェシーの子供のころと似ている。ひとりっ子の特徴かもしれない。あるいは遺伝か。それとも両方に共通しているのか。

　いずれにしろ、デントン家の女性はものを作るのが好きなのだ。

　ジェシーは収入のためだけでなく、自分自身のために〈ワイルド・アイディアズ〉で仕事に就きたいと思っていることに気づいた。ウエイトレスは一時しのぎにはいい仕事だが、将来にわたってする仕事ではない。何かに挑戦したかった。そして広告業界の興奮を味わいたい。

「ママ、誰からの電話？　ドーラ？」

洗濯物を干しおわったジェシーは、腰を下ろして娘を腕に抱きあげた。昼食の時間だ。

「いいえ、ダーリン。ドーラじゃないわ。男の人だったの」

エミリーはまばたきした。「すてきな男の人？」

「とってもね」

「ママのボーイフレンドになるの？」

「なんて言った？　いえ、まさか、とんでもない！　お仕事を見つけてくれる人よ。ママのためにグラフィック・アーティストのお仕事を見つけてくれたみたい。月曜日に面接に行くの。うまくいけば、もっとお金をもらえるから、あなたにきれいなものをたくさん買ってあげられるわ」

ジェシーが期待していたほど、エミリーはこのニュースに喜んでいるようには見えなかった。それどころか、顔をしかめている。

「ママはどうしてボーイフレンドがいないの？　とってもきれいなのに」

ジェシーは顔が赤らむのを感じた。「ママは……ボーイフレンドにするほど好きな男の人にまだ出会っていないだけよ」

そう言いながらも、氷のように冷たい青い目とともにカリスマ性を秘めた笑みが脳裏に浮かんだ。自分の母親と同じ過ちを犯しそうになったことを思い出し、心臓が音をたてる。危ういところであのバーを出てよかった。

「ママにはあなたがいるもの、ダーリン」ジェシーは娘をぎゅっと抱きしめた。「ほかには誰もいらないわ」

ウエイトレスの仕事が好きだと娘に言ったのに次ぐ、大きな嘘だった。ときにはほかの誰かが必要なことは、ゆうべの一件が物語っている。ジェシーは自分が母親であるばかりでなく、ときどき、女性であることを感じたかった。もう一度男性に抱かれる感触を味わいたい。自分の体内に高まりつつある欲求不満から解放されたい。

いつの日か、欲求のはけ口を見つける必要がある。それが男性であるのは明らかだ。エミリーの言うようにボーイフレンドが。

でも、誰？

またしてもあの青い目が浮かぶ。

あの男性はボーイフレンドになりえない。彼は結婚しているのだから。

今度の仕事に就けるといい。そうすれば新たに交際範囲が広がる。

広告業界ではゲイの男性が多い。でも、そうでない人もいる。自分にふさわしいボーイフレンドがいるはずだ。魅力的で知的な男性が。独身で――セックスのテクニックが上手な誰かが。

もちろん、魅力的で知的で、なおかつセックスが上手な独身男性は、高慢な性格で、永遠の愛を誓う関係を嫌うに決まっている。そんな関係に将来性はない。そういう男性を好きにならないよう気をつけなければ。それに、そういう男性がいたとしても、彼が望んでいる以上のものを期待するのはやめよう。

ジェシーはため息をついた。本当に今の生活にそこまで複雑な要因を持ちこむ必要があるの？　このままの生活を続けて、シングルマザーとして独身でいたほうがいいのでは？

男性は厄介のもと。いつもそうだった。その点はこれからも変わらないだろう。男性なんていないほうが賢明だ。エミリーは幸せそうだもの。私自身も幸せだ。月曜日に新しい仕事に就ければ、もっと幸せになれる。

欲求不満は一時的なもの。きっと克服できる。いつの日か。

ジェシーはもう一度ため息をもらした。

「ママ、今日はどうしてため息ばかりついてるの？疲れたの？」

「ほんのちょっとね」

「コーヒーを飲んだら？　疲れたときはいつもコーヒーを飲むでしょう」

ジェシーは娘の茶色い目を見て笑った。「ママのこと、よくわかるのね」

「そうよ、ママ」娘はときどき妙に大人びた声を出す。「わかるんだもん。あっ、ドーラの車の音だ！ママの新しいお仕事のこと、教えてあげようよ」

「まだ決まったわけじゃないのよ、エミリー。面接に行くだけなんだから」

「ママなら大丈夫」四歳児の天真爛漫《らんまん》さはうらやましくなるほどだった。「きっと大丈夫だから」

5

〈ワイルド・アイディアズ〉のオフィスはノース・シドニー駅からさほど遠くないビルの三階にあった。車を運転しないジェシーには好都合だ。

黒い書類鞄《かばん》を片手に、彼女はビルのロビーに早めに到着した。ストーンウォッシュ加工をほどこしたジーンズに糊《のり》のきいた白いシャツの襟を立て、室内の冷房がきいている場合にそなえて薄手の黒いジャケットを用意してある。実用本位の黒いパンプスははき古したものだが、今朝ぴかぴかになるまで磨いてきた。

髪はうなじでまとめ、ドーラから借りた白黒プリントのスカーフを結んである。とくに目元と口紅の化粧は控えめにした。唯一の装飾品は銀のクロスのイヤリング。それに腕時計。

今その時計に目をやった。九時三十五分。〈ワイルド・アイディアズ〉へ行くにはまだ早すぎる。そんなに早く着くのは仕事をもらおうと必死な人だけだ。ジェシーは化粧室に向かい、妖婦《ようふ》に見えないか姿を点検した。

それどころか、広告業界ではジェシーの今日の服装は非常に保守的とみなされるほうだ。

ついに心臓がどきどきするのに耐えられなくなり、彼女はエレベーターで三階へ上がった。最後に面接を受けてから数カ月たっていたので、神経過敏になり、緊張が高まりすぎて気分が悪くなってきた。自分にその仕事ができないと思ったからではない。仕事に関して自信を喪失したことはなかった。けれど、これまであまりにも断られてきたので、自分の実力を認めてくれる人が現れるのだろうかと疑問に思いはじめていたのだ。

ジェシーは三階でエレベーターを降り、もうひとりの応募者が今、なかで面接を受けているのだろうかと想像した。ボスが彼女を気に入って、私には会ってもくれないかもしれない。

ジェシーは深呼吸をし、ばかなことを考えるのはやめなさいと自分に言い聞かせた。そんなに悲観的になってどうするの。ハリー・ワイルドが彼女の履歴書を見て気に入ったのはたしかなのだから、面接するくらいの礼儀はわきまえているだろう。

〈ワイルド・アイディアズ〉の受付はイメージどおりだった。モダンかつカラフルで、すがすがしい雰囲気と調度品でまとめられている。広告ポスターで覆われた赤い壁、黒いタイルの床。ソファはクリーム色の革製で、デスクとコーヒーテーブルはブロンドの髪に似た色の木が使われている。

受付嬢もブロンドだったが、過度に魅力的でも過度に美人でもない。きちんとした黒いスーツに身を包み、感じのいい笑みを浮かべた、三十歳くらいの女性だ。

「こんにちは。ジェシー・デントンね？」

「ええ、そうです。少し早すぎたみたいで」

「遅れたり、まったく来ないよりいいわ。今、ミスター・ワイルドの個人秘書のカレンに知らせるから、しばらくあちらでお待ちください」

受付嬢は待合室の壁際に並んだ椅子のひとつを手で示した。

「カレン、ジェシー・デントンがみえました……ええ、そう伝えます」

ジェシーはすでに腰を下ろして脚を組み、精いっぱい冷静で自信たっぷりに見せようとしていた。

「ミスター・マーシャルはもうひとりの応募者とまだ面接中ですが、まもなく終わるはずよ」

「ミスター・マーシャルですって？」ジェシーは喉をつまらせ、組んでいた脚を思わずほどいて前のめりになった。「まさか……そんな……」

「ミスター・ワイルドは目下海外出張中で、彼の留守中はミスター・マーシャルがここの責任者なんです」

「そうですか」ジェシーは深く息を吸いこみ、ゆっくり息を吐きながら体を後ろに倒した。ここのミスター・マーシャルが金曜日に会ったあの男性だと考えるのはばかげている。マーシャルは別に珍しい名前ではない。それに、あのミスター・マーシャルは会計士だ。一時的にせよ、会計士が広告代理店を運営しているはずがない。

「自己紹介がまだだったわね。私はマーガレット。今から知りあっておくのも悪くないでしょう。こんなこと言うべきじゃないんだけど、今面接している女性より、あなたのほうがミスター・マーシャルの好みのタイプだと思うわ」

「まあ、どうして？」

同じフロアのどこかでドアの閉まる大きな音がした。

「それは自分で判断したら？」

ちょうどそのとき、女性がさっそうと廊下を歩いてきた。

真っ先にジェシーの目についたのは明るいオレンジ色の髪で、まるでチェーンソーで切ったようなヘアスタイルだった。それも錆《さ》びたチェーンソーで。

次に目についたのは色白の顔を飾っている金色のピアスだった。耳。鼻。唇。眉。顎。

体のどんなところにピアスがほどこされているか、想像もつかない。おそらく、いたるところに穴があけられているだろう。

「戻ってきたら連絡してくれるよう、ハリー・ワイルドに伝えてちょうだい。まだ興味があるならの話だけど」まるで『アダムズ・ファミリー』から抜けだしてきたようなその女性は肩越しに言った。「地球最後の人間だとしても、彼のもとで働くつもりはないわ。ものを作る人間のことをまるでわかっていないんだから。まったく！」

彼女が出ていくと同時に、マーガレットは目を丸くしているジェシーを見てにやっとした。

「私の言ったとおりでしょう。あなたなら楽勝よ」

自分に訪れた幸運がジェシーには信じられなかった。「そうだといいんだけど。どうしてもこの仕事が欲しいの」

受付の電話が鳴り、マーガレットが受話器を手にとった。「すぐに行ってもらうわ、カレン。心配しないで。この人ならきっと彼も気に入るはずよ。さあ、あなたの番よ」彼女はジェシーにほほ笑みかけた。「その廊下の突き当たり。すぐに入って」

ジェシーは息を吸ってから立ちあがった。「あの、ひとつだけきいていいかしら。ミスター・マーシャルのファーストネームをご存じ?」

「ええ。ケインよ。それが何か?」ジェシーはどんなにかほっとした。一瞬、もしやと思ったのだ。

「以前マーシャルという名前の男性を知っていたので、同じ人かとちょっと心配になって。ああ、安心したわ」

それを聞いてマーガレットが笑った。「誰にでもそういう男のひとりや二人はいるものよ」

たしかに。ただ問題なのは、その男がジェシーにとって遠い過去の話ではないことだ。数日前の夜に会ったばかりで、彼のことを考えただけで今でも体が震える。

これから面接しようとしているミスター・マーシャルが、あの性的魅力にあふれた既婚男性、カーティス・マーシャルでないとわかって、ジェシーは平静をとり戻した。競争相手があまりにもお粗末だったので気をよくしたことも否定できない。紹介所のニコラスは、オレンジ色の髪をした女性には地味な服装で行くようにと忠告しなかったようだ。あるいは、忠告したのにそれに従わなかったのだろうか。

廊下の突き当たりのドアは個人秘書のオフィスだった。受付ほど色彩に富んではいなかったが、気持ちのいい、広くてモダンな部屋だった。カレンという女性は、ハリー・ワイルドの個人秘書としてジェシーが想像していたのとはまるで違っていた。四十前後だろう。赤毛で、ほどよくふっくらしている。それに好感の持てる女性だ。

「ああ、神さま、感謝します!」ジェシーを見たとたん、カレンが声をあげた。「もうひとりの応募者をごらんになった?」

「ええ、見かけました」ジェシーは認めた。「でも広告業界では、ああいう人は珍しくないんです。彼女はたぶん自分のことをある種、前衛的なイメージを保たなければならないアーティストだと考えているんでしょう」

「わが社では、前衛的なアーティストは採用しないのよ」カレンが顔をしかめた。「仕事をするとはどういうことか知っていて、革新的なアイディアをたくさん持ちあわせている人を採用するの。それに一生懸命仕事をする人。さて、目下ミスター・ワイルドは留守だということをマーガレットはお話ししたかしら？」

「ええ」

「よかった。それならあなたの面接の一部を私がする理由もおわかりでしょう。ミスター・マーシャルは経営ややる気を起こさせるという点では優秀な人ですが、広告業に関するバックグラウンドがありません。私はミスター・ワイルドのもとでかなり長いあいだ仕事をしてきたので、どういう人を採用したがるかわかっています。あなたの履歴書は見せてもらって、感心しました。実際にお会いしてみて、さらに好印象が深まったわ。あとは作品集を見せていただけるかしら？」

言われるままにジェシーは作品集をとりだして手渡した。今まで手がけた仕事のなかから、いちばん出来のいい作品のほかに、チャンスを与えられれば挑戦してみたい広告の見本を入れておいた。

「うーん。これはすばらしいわ。ミッシェルが喜ぶでしょう。ミッシェルがあなたのボスになるの。彼女はわが社の最高幹部のひとりよ。アシスタントの熱意が足りないということで口論になって、先週そのアシスタントがやめてしまったの。休みが多くて。たぶんドラッグをやっていたんじゃないかしら。とにかく、すぐにでも彼の仕事を引き継げる優秀なグラフィック・アーティストが必要なのよ。クリスマス休暇前に仕上げなければいけないことがいくつかあって。そのうえ、ミッシェルは来年なかばに産休に入ることになっているから。もうひとり子供が生まれるのよ。そのときはあなたが彼女の代わりをしてくれるよう、期待しているわね。〈アドスタッフ〉の話では、あなた自身、クリエイティブ・デザイナーになる夢があるとか。そうなの？」

「私の心からの希望です。作品集の最後にある広告のサンプルは私のオリジナルで、実際にキャンペーンで使ったものではありません」

「そうなの？　まだそこまで見ていないんだけど」カレンは何枚かページをめくり、その一枚にじっと見入った。「これもあなたの作品？　この大型家庭用品の広告だけど」彼女はジェシーにページを掲げてみせた。

「ええ、それは私が考えたものです」

製品を強調するために背景には水色が使われていた。中央に置かれた食器洗い機、洗濯機と乾燥機はその他のステンレス製小型キッチン用品に囲まれている。三台の大型製品には、胸元が大きく開いたイブニングドレスを着た、メイ・ウエストばりの豊満なブロンド女性がゆったりともたれかかり、真っ赤な爪の指先で電化製品を撫《な》でている。その上のほうに〝大事なのは電化製品の存在ではなく、それがどれだけ長持ちするかです〟とある。金髪で豊満なセックスシンボルだったメイ・ウエストの名言の、〝男性〟を〝電化製品〟に替えたパロディになっているわけだ。

「すばらしい出来だわ！」カレンが声をあげた。

「ありがとうございます」

「新しいクライアントにキッチン用品の会社があるんだけど、これはぴったりだわ。ぜひピーターに見せましょう。彼が担当しているの。ミッシェルとピーターがあなたを奪いあっている場面が目に浮かぶようだわ。もちろん、ミスター・マーシャルがあなたを採用したらの話だけど」カレンがにっこりしてつけ加える。「でも、それは単なる形式上のことよ。さあ、なかに入って。彼もさっきのショックからもう立ち直っているころでしょう。もちろん、それは私の落ち度なんだけど。履歴書を見て選んだのは私だから。履歴書は立派だったのに、残念ながらこの会社にふさわしい人じゃなかったのよ」

「その理由をうかがってもいいかしら？　外見だけでは、才能まで判断できませんから」

「才能はあるわ。非常に優秀なグラフィック・アーティストよ。でも、プロモーションにはふさわしくないわね。ハリーは、会社を代表する人にはそれなりの外見と品格を求めるの。なにしろ、あらゆる業界のクライアントと交渉をするんだけど、なかにはとても保守的なクライアントもいるから、ハリーは第一印象をとても大事にしているの。ケインも同感みたい。その点、ジェシー・デントン、あなたの第一印象はとてもいいわ」

「でも、これはただのジーンズですけど」

「ええ。だけど清潔できちんとした印象を与えるし、さっそうと着こなしているわ。髪型も好きよ。とてもすてき」

案内されてハリー・ワイルドのオフィスに入っていくジェシーは、かつてないほどの自信を感じていた。自尊心が高まり、緊張感からではなく期待感から鼓動が速くなる。

幸運の女神も今度ばかりは彼女にほほ笑んでくれたようだ。

しかし、ハリー・ワイルドのデスクに向かっていた男性が顔を上げた瞬間、ジェシーの心臓は文字どおり止まった気がした。

ああ、なんてこと。どうしてこんなことが？　受付嬢は彼の名前がカーティスではなく、ケインだと言ったはずなのに！

間違いなくあの男性だ。疑いの余地はない。彼の容貌《ようぼう》を忘れるはずがない。あのときと同じく、スーツにシャツ、ネクタイという服装だ。

氷のような青い瞳と目が合い、驚いたように黒い眉がつりあがった。ショックを受けていると言ったほうがいいだろうか?

「ええ、お気持ちはわかります」カレンが彼に笑いかけた。「ミズ・イェーガーズとは雲泥の差ですもの。こちらはジェシー・デントン。これが彼女の作品集です。私もつぶさに目を通しましたが、すばらしいのひと言に尽きます。さて、コーヒーか紅茶でもお持ちしましょうか?」

「いいえ、けっこうです」ジェシーはやっとのことで答えた。

「今はいいよ、カレン」

「それでは失礼します」

〝リラックスして〟カレンはすれ違いざま、動転しているジェシーに唇だけ動かしてみせた。

ジェシーは、豪華な装飾がほどこされた広いオフィスのまんなかに突っ立っていた。ショックがしだいに薄れていくのと逆に、不安がどっと押し寄せてくる。不安と狼狽《ろうばい》が。

やはり幸運の女神は私にほほ笑まなかったのだ。またとない絶好のチャンスを目の前にぶらさげておきながら、土壇場になってとりあげてしまうなんて。だって、ここにいるミスター・マーシャルは、私がなんと言おうと何をしようと、採用してくれるはずがない。

先週の金曜日の夜、ジェシーがバーで本当は何をしていたか話したら、彼は屈辱を受けたと思うだろう。逆に真実を打ち明けなかったら、自分はもうひとつのあさましい現実に頼らなければならない。彼が結婚しているのを知りながら、彼にどうしようもなく魅了され、その気にさせられたことに。

いいえ、そうじゃないわ。彼女はふいに気づいた。

おとり捜査のことを秘密にしていれば、彼が結婚していることは知らなかったはずだ。彼は結婚指輪をしていない。それはあの晩、確認した。

だったら、突然姿を消したことをどう説明すればいいの？

単に気が変わっただけという理由ではあまりにも説得力に欠ける。私が思わせぶりな女だと思われてしまう。化粧室で会った女性に彼は結婚していると忠告されたので逃げたと言えなくもない。

問題なのは、彼こそ結婚している身でありながらジェシーをホテルに誘ったことだ。

あの晩、彼と分かちあった感情を思い出した。互いに魅了されたこと。高まる欲望。あの情熱を。

この状況を逃れるには、出ていくしかない。

「今すぐ出ていったほうがよさそうね。作品集を返していただければ、失礼します」

6

めったにうろたえたことのないケインが今まさにうろたえていた。彼女が逃げだそうとしている。今度もまた！

そんなことをさせるわけにはいかない。ようやく彼女を捜しあてたのだから。週末のあいだ、もう二度と会えないという思いに悩まされていたのだ。

そもそも、どうして逃げだしたのか理由を知りたい。考えられる唯一の理由は、ケインがあまりにも性急に、そして強引に迫ったので、おじけづいたのだろう。

今はどう考えればいいのかわからなかった。

わかっているのは、金曜の夜以来、ケインにとって何も変わっていないということだ。彼女に人並みはずれた美しい目で見つめられただけで、あの晩のダンスフロアに引き戻される。彼女をすぐにでもベッドに連れていきたいほどの欲望に襲われる。

ベッドに？　ベッドではだめだ。今ケインを悩ませているすべてを焼きつくすようなこの情熱は、もっと早急に、もっと固い何かに彼女を押しつけたいという欲求を燃えあがらせた。壁。床。このデスクでもいい。

自制心を失いそうだ！

今何を考えているか知られたら、また彼女を失ってしまう。

「先週の金曜日のことは、これとはまったく関係ない」ケインは驚くほど落ち着いた声で言った。欲望は途方もなく強力なやる気を起こさせる。「あれは娯楽だった。これはビジネスだ。しかしその前に、過去を清算したほうがいいかもしれない。あんな帰り方をした理由を説明してくれないか？」

ジェシーは顔をしかめて立ちつくしている。ケインは頭のてっぺんから爪先まで繰り返し眺めるのをやめようとは思ったが、それにしても本当にすばらしい容姿だ。脚にぴったりフィットしたジーンズは罪作りだ。

「それがなんになるの？　あなたのもとで働くわけにはいかないわ。それくらいわかるでしょう」

ケインには理解できなかった。彼女は職場での性的いやがらせを心配しているのだろうか？

今ケインがどれほど彼女を渇望しているかを考えれば、当然かもしれない。だが、必要とあればケインは自制心と忍耐力を働かせることのできる人間だ。彼女を怖がらせて逃げられるのだけは、なんとしても避けたい。金曜の夜のような気持ちにさせてくれた女性に出会ったのは、実に久しぶりだった。正直なところ、あのダンスフロアで感じたような気持ちにさせられたことはいまだかつてなかったと言ってもいいくらいだ。

彼は自制心を失うことなどめったにない。いつも頭のどこかで状況を分析し、個人的判断を下し、一時的に欲望を満たそうとするのは時間の無駄だとわかっている。

だが、あのときは違った。

だから週末のあいだじゅう、彼女に悩まされたのかもしれない。あの瞬間のこと以外、何も考えられなかった。彼女のことは何も知らなかった。男をぞくぞくさせるような服装でひとり、安っぽいバーに出入りしていること以外は。お世辞にも勧められるような女性ではない。

それでも、気が変になりそうなくらい彼女が欲しかった。

今でもそうだ。

二度も彼女を逃すつもりはない。彼女に腕をまわしたときに感じたあらがいがたい魔力をもう一度味わいたい。それ以上発展しなかったとしてもしかたがない。将来のことを考え、計画どおりに生きるのはもうたくさんだ。長いあいだ、型にはまったつまらない生き方をしてきた。衝動的に何かをするとはどういうことか忘れていた。

ケインは彼女が欲しかった。どんな結果になろうとも、自分のものにしてみせる。

「だが、厳密には僕のもとで働くことにはならない。雇用主はハリー・ワイルドだ。僕はクリスマスまでの臨時の責任者にすぎない。それ以後は、上司と部下という関係は消滅する」

それでも彼女が用心深く見つめているのはなぜだろう。そうか、彼女も僕に性的に惹《ひ》かれているのだ。金曜の夜は彼女も僕と同じ気持ちだった。化粧室に行くまでは。

彼女が戻ってこなかったせいで、ケインは愕然《がくぜん》とさせられた。

「それで、金曜の夜、何があったんだ？　単に気が変わったというのか、そうなのか？」

「私……」

彼女の狼狽《ろうばい》ぶりがすべてを物語っている。それに魅惑的でもある。想像していたような、ただの思わせぶりな女性ではないのかもしれない。安上がりの楽しみを求めて夜のバーを渡り歩くタイプじゃなさそうだ。

「気が変わるのは別に悪いことじゃないんだよ、ジェシー」

「気が変わったわけじゃないわ」

「だったら、どうして？」

「化粧室で、ある女性があなたは結婚していると教えてくれたの。私……結婚している男性とはつきあわないことにしているから」

彼女の説明にケインが驚いているのは疑いようもなかった。頭を後ろに倒し、何回かまばたきを繰り返す。それから彼は不思議な行動に出た。

ほほ笑んだのだ。

「結婚」低い笑い声がもれる。「どうして思いつかなかったんだろう？　結婚！」そしてふたたびケインは笑った。

「何がおかしいのかわからないわ」現代人の多くが結婚式の誓いの言葉を重く受け止めていないのはジェシーも知っている。

「おかしいさ。僕は結婚していないんだから」驚くべき言葉だった。「僕の弟は結婚しているけど。僕の双子の弟。一卵性双生児だ。弟はここしばらく毎週金曜日にあのバーに出入りしていたんで、誰かが僕と間違えたんだろう」

ジェシーは何か言いかけて、口を閉じた。金曜の夜、彼女がなれなれしく近づき、たまらなく欲しいと思ったのは、あの晩の標的ではなかったのだ。目の前にいる男性、カーティス・マーシャルの双子の兄、ケイン・マーシャルだったとは！

この新事実が意外だったのは言うまでもないが、渡された写真の男性と目の前の男性とではわずかながら違う理由が今、わかった。ヘアスタイル。目の色。それに人格も。写真の男性のほうが穏やかに見える。

ケイン・マーシャルには穏やかなところなど、少しもない。

もうひとつ気づいたことがあり、ジェシーはさらに愕然とした。ケイン・マーシャルは独身で、特定の交際相手がいない。彼にデートを申しこまれても、承諾してはいけない理由は何もない。

おそらく申しこむだろう。彼の目を見ればわかる。

興奮の戦慄《せんりつ》がジェシーの背筋を駆け抜けた。自分の人生に男性を迎えるのはやめようという先ほどの決意もこれまでだ。

もちろん、あのときは彼が自分のものになる可能性など予想すらしていなかった。彼が独身だとわかった今、事態はまったく変わってくる。

「本当に結婚していないの？」

「本当だ。数カ月前に正式に離婚が成立した」

この新たなニュースはジェシーを興奮させなかった。なぜだか、理由はわからない。たぶん、彼女が出会った離婚したばかりの男性はたいてい、セックスの相手を求めているからだ。妻との関係を絶った彼らの頭にはセックスしかない。彼らはつねに新しい標的を探している。最近離婚したばかりの男性数人とレストランで会ったことがあるが、ジェシーを見るときのみだらな目つき、彼女がだまされやすい女だと勝手に決めこんでいる様子など、ぞっとさせられる。

金曜の夜、ケイン・マーシャルも私をそんなふうに見ていたのだろうか？　なんといっても、ひとりであのバーへ行ったのだから。金曜の夜、女性がひとりでバーへ行くのは、男性と知りあうのが目的であって、それ以外の何ものでもない。彼とホテルへ行くのを断った唯一の言い訳は、彼が結婚していると誰かに教えられたから、というものだ。

彼が結婚していないとわかった以上、次の機会には私が良心の呵責《かしやく》もなくケインとベッドをともにすると考えているに違いない。

彼と愛しあうことを考えると興奮をおぼえるのはたしかだけれど、現実問題として賢明でないことはジェシーにもわかっていた。

「妻はいない」ケインが言明した。「子供もいない。それに、現在つきあっているガールフレンドもいない。これ以上お互いに誤解のないよう言っておく」

ジェシーは目をしばたたいた。これ以上意図の明かしようがないというわけだ。次は伝染性の病気はないとでも言うつもりかしら！

「これでもう、ここで働くことに同意するかい？」

「私を採用してくれるの？」

「そのとおり」

「でも、まだ私の作品集を見ていないわ」

「その必要はない。きみの創作能力についてはカレンの判断を信じている。この分野においては僕より彼女のほうがはるかに経験豊富だ。僕はただ、実物に会って、ハリーが彼の会社の幹部に必要だと感じている存在感と品格があるか、確かめたかっただけだ」

ジェシーはケインの〝実物《フレッシュ》〟という言葉に顔をしかめた。彼が採用しようと言っているのは彼女の才能とはなんの関係もなく、もっと〝肉体《フレッシュ》〟を見たいだけなのだ。

それにしても、正直なところジェシーも同じことを望んでいた。ケインが彼女を見つめるたびに、もう一度彼の腕に抱かれることしか考えられない。

この週末、自分の人生に男性が必要だという結論に達しなかった？ ボーイフレンド？ 愛人？ ケイン・マーシャルはどう？ 彼は結婚していない。ケジェシーが彼に惹かれているのと同じように、ケインも彼女に性的な魅力を感じているのは明白だ。これほどまでに強烈に惹かれる気持ちに逆らうのはばかげている。ジェシーが負けるだけだ。

「先ほどの応募者と比較するまでもなく、僕は感銘を受けたし、喜んできみを採用する。きみのほうにまだその気があればの話だが」

ケインは仕事のことだけでなく、今でも彼自身に興味があるかどうか尋ねているのだと、うすうす感じた。

「もちろんです」

「よし」ケインは今度もまぶしいほどの笑みを浮かべてみせた。

彼はジェシーを興奮させるとともに混乱させもした。不思議だ。これまでは肉体的に頑強な男性に魅力を感じてきたが、ケイン・マーシャルは単に肉体的な力強さを象徴しているのではない。彼の印象にはひときわすぐれたカリスマ性がある。それが魅力となってジェシーを動揺させたのだ。その無情な視線は彼女の自制心を奪う。だが、何より危険なのはその挑発的な笑みだ。二人がもしベッドをともにするなら、彼女にありとあらゆることをさせるだろう。みだらなことを。

そんな考えに官能的な震えが背筋を伝った。突然、ジェシーは膝からくずおれそうになった。

「私……座らせていただくわ」ジェシーは彼から視線を引きはがすようにして、デスクの隣にあった木の椅子を引き寄せた。しばらくは彼を見なくてすむことにほっとしながら座りこむ。だが、もう一度目を合わせたとき、ジェシーの背中は椅子の背に押しつけられ、脚はきつく組まれていた。

硬直した彼女の様子は、結局ケインに気づかれなかった。彼は下を向いてジェシーの履歴書に目を通していたのだ。

「ここにはシングルマザーとあるが」

「それが問題になるのかしら？」

「とんでもない。結婚していなくても子供を育てている女性を尊敬するよ」声にぬくもりがあり、顔には人を引きつける笑みが浮かんでいる。

「私がききたかったのは、仕事に支障があるかどうかよ」

「問題になるとは思えない。娘は保育所にあずけていると書いてあるが」

「ええ、そうだけど、娘の具合が悪くなる場合も考えられるし、緊急事態が起こることだってあるかもしれない」

「ここでの就業規則はとても融通がきくようにできている。自分の好きな時間に仕事ができるし、家で仕事をしてもいい。求められるのは、仕事を仕上げ、会議に出席して、締め切りを守ることだ。きみの直属の上司にも幼い娘がいるし、まもなくもうひとり生まれる。だから、彼女なら理解してくれると思うよ。そういえば、そろそろミッシェルに紹介したほうがいいだろう。昼までに彼女の隣のコンピュータに誰か座らせておいてくれという電話をもらったんだ。さもないと……」

「すぐにでも仕事を始めてほしいということかしら。今日から？」

ケインは片方の眉を上げてみせた。「承知していると思ったんだが。どうしても帰らなければならない理由でも？」

「いえ……そういうわけじゃ。だけど、エミリーを迎えに行くのがいつもより遅くなると保育所に電話しなくては」

「そんなことをしたら娘さんが心配するかな？」

「いいえ。私のほうが心配だわ。電車がどれくらいの間隔で運行されているか、わからないし。六時までには迎えに行かないと。保育所が六時に閉まるから」

「車を持っていないのか？」

「ええ。維持するだけのお金はないもの」

「これでその金ができるわけだ。きみの給与は年俸六万五千ドルで、ボーナスも出る」

ジェシーは急に息ができなくなった。「冗談でしょう！　六万五千ドル？」エミリーが生まれる前の給料は四万ドルだった。

「そうだ。六カ月ごとに基本給の見直しがあり、実績に応じて上がる」

「信じられない」

「心配しなくていい。期待に見合うだけの結果は出してもらうから」

「それはもう。ご心配なく」

ふたたび二人の目が合った。この会話には今でも二重の意味があるのだろうかとジェシーは思いをめぐらした。そうでないといいけれど。強い印象を与える表情をしたケイン・マーシャルもまた、離婚したつまらない男のひとりだとは思いたくない。

「車をリース契約で利用することを考えたら？　カーティスに言わせれば、ビジネスにおいてはリースのほうがずっと賢明なやり方らしい。あいつは会計士なんだ」

それはジェシーもすでに知っている。だが、そんなことを言うわけにはいかない。それにしても、ケイン・マーシャルは本来どこで仕事をしているのだろう？　彼は優秀な経営者で、しかもやる気を起こさせる達人だとカレンは言っていたけれど、どういう会社なのかしら？

「お望みとあらば、カレンにリースの手続きを頼んでおくよ。どんな車種がいいか教えてくれ」

「え、ええ……何がいいかしら。考えておくわ」

「明日の朝、言ってくれれば、仕事が終わるまでには車を用意できる。今日は仕事が終わったら僕が送っていこう。娘さんの心配はさせたくないからね」

「その必要はないわ。私がまにあわない場合は、友達に電話して代わりにエミリーを迎えに行ってもらうから」

「男性の友達？」

「いいえ。年輩の女性で、私の家主よ。彼女の家を間借りしているんだけど、いい友達でもあるの」

「ジェシー、きみを家まで送っていくのは造作もないことだ。僕のところからそれほど遠くないし。それに、もっときみと話がしたい。オフィス以外で」

「そう。わかったわ。ありがとう」

「喜んで」ケインがまたしてもほほ笑んだ。

ジェシーはうめき声をあげそうになった。どうして彼はこうもすてきなのかしら。ノーと言えるはずがない。

それでいながら、自分が誘惑されやすい女性だと思われるのはいやだった。

世の中の大部分の男性がシングルマザーのことをどう思っているか、ジェシーは知っている。セックスに飢えた女性とみなされているのだ。子供たちの父親からは得られなかった感情面と経済面の援助をしてくれる男性を――どんな男性でもいいから求めて、必死になっていると。

だが、ジェシーはそんなシングルマザーのひとりではない。彼女はいつも、自立している自分を誇りに思っている。ライアルが亡くなってからというもの、何事につけ男性に依存したくなかった。それはセックスに関しても同じだ。

ケイン・マーシャルに出会うまでは。

今や考えられるのは彼のことだけ。彼の車で家まで送ってもらうのを今から楽しみにしている。考えただけでぞくぞくする。

たった今与えられた仕事に気持ちを集中させるべきなのに。

ジェシーは勢いよく立ちあがった。「話がついたところで、さっそく仕事に着手するべきだと思うんですけど」

ケインのほうはジャケットのボタンをはめながらゆっくり立ちあがった。

その動作に、ジェシーの目は吸い寄せられた。今日は金曜の夜着ていた淡い灰色のスーツではなく、もっと濃い灰色だ。これも同じように高価でしゃれた印象を与える。

体格がいいとあらためて思う。太っているわけではない。背が高く、頑健で、肩幅が広い。

服の下は申し分ない体をしているだろう。感触もよさそうだ。

まあ、とんでもないことばかり考えて。


「こっちだ」ケインがデスクをまわり、ドアのほうを身ぶりで示した。

ありがたいことにジェシーに触れはしなかった。彼の目だけでも充分に危険だ。その目は繰り返し彼女の全身を見ている。

ジェシーにしつこく性的関係を迫るほかの離婚男性と大差ない。

どこに違いがあるかといえば、それはジェシーのほうにあるのだ。ほかの男性に見つめられても、体が震えたりはしない。アイルランドにいる母は男性について警告していた。ケイン・マーシャルがどんな男性で何を欲しているかは、わかっている。

今回どこが違うかといえば、ケインが欲しているのと同じものを彼女も欲しいと思っている点だ。

7

一日がこんなにも早く過ぎてしまったことがジェシーには信じられなかった。〈ワイルド・アイディアズ〉のみんな、とくに直属の上司が気持ちよく迎えてくれたことも。

三十代前半で、黒髪の魅力的な女性ミッシェルは夫と幼い娘がいて、まもなくもうひとり生まれようとしている。ジェシーを温かく迎えてくれると同時に、有能ではっきりした性格の女性だった。仕事の指示に関してはとくに明瞭《めいりょう》で、作品に何を求めているかきちんとしたビジョンがあり、彼女の希望どおりの結果を相手に期待している。

〈ジャクソン＆フェルプス〉のように要求度の高い職場を経験しているジェシーは、その手のことに慣れていた。

だが、職場としては〈ワイルド・アイディアズ〉のほうが気に入った。とても親しみやすい雰囲気がある。スタッフの数は二十人あまりと比較的少なく、ほとんどの人がその日一度はミッシェルのオフィスに顔を出した。

実際、オフィスと呼ぶには誤解を招きそうな部屋だ。広い空間が間仕切りで大小の小部屋に分けられていて、ミッシェルのスペースは広いほうだが、装飾は何もほどこされていない。幹線道路に面した窓がひとつと、パイン材の簡素な家具があるだけ。ドアも、絨毯《じゅうたん》もない。

それでもすべてが清潔で機能的で、最新式コンピュータが装備されている。

前任者が去ったあとは収拾のつかない状態になっていたので、あらゆるソフトウェアがそろっているのはありがたかった。処理しなければならないことが多すぎて、昼食はデスクでサンドイッチを食べただけだ。受付のマーガレットが親切にコーヒーを持ってきてくれた。

休憩したのは、化粧室へ行ったのと電話を三本かけたときだけだった。一本目は、ウエイトレスをやめると伝えるためレストランにかけた。そもそもジェシーは臨時雇いだったので、店側にとっても重要な人材ではなかった。二本目は保育所にかけた。迎えに行くのが遅れると知っても、エミリーは少しも気にしていないらしい。三本目はドーラに。ジェシーが就職できたことを彼女は喜んでくれた。

ミッシェルがすぐ隣に座っていたので、マーシャル兄弟との一件を説明できないのは残念だ。

それどころか、ミッシェルの隣で仕事をできるのがジェシーにはうれしかった。ひとりで、あるいはその他大勢のグラフィック・アーティストと一緒にいるよりましだ。〈ワイルド・デザイナー〉では、ひとりのクリエイティブ・アイディアズ〉では、

ひとりのクリエイティブ・デザイナーにそれぞれ専属のグラフィック・アーティストがいて、この方法が成功しているようだ。つねに新しいチームリーダーが育成されている。ハリー・ワイルドがほかの代理店から幹部をスカウトしなくてすむ理由が理解できた。

「みんな、仕事を終わらせる時間だ。もうすぐ五時になる」

その声にジェシーがさっと振り返ると、ケインが間仕切りに寄りかかっていた。

気がつくと、意外にも、ジェシーはほとんど一日、彼のことを考えていなかった。だが目が合ったとたん、彼によって引き起こされるあらゆる感情が一気に呼び覚まされた。

心臓がどきどきするほどの欲望だけではない。欲望をおぼえるのは既定の事実だ。けれど、恐慌状態

や心配の種も伴っている。

エミリーが生まれてから彼女の毎日は平凡だった。何事もない日々。少し退屈だったかもしれない。ときには寂しかったことも事実だ。とはいえ、ストレスのもとになることもあまりなかった。

万一ケイン・マーシャルとつきあうようになったら、彼はジェシーの時間や空間に割りこんでくるだろう。今やフルタイムの仕事を持つシングルマザーとして、余暇や娯楽に割く時間が減るのは彼女自身、承知している。

「新入社員の出来はどうだった、ミッシェル？」ケインが尋ねた。

「優秀よ。よく仕事ができるわ。私の仕事も立派にできるようになるでしょう。いずれはね」

身にあまる光栄に、ジェシーはなんと言ったものかわからなかった。

「ジェシー、そろそろ出たほうがいい」ケインがうながした。「道路の渋滞が始まるだろうから。今日は僕が彼女を送っていくよ」彼はミッシェルに説明した。「六時までに娘さんを迎えに行かなければならないんだ」

「ええ、ジェシーから聞いたわ。さあ、行って。お疲れさま。じゃあ、明日の朝八時半にね」

「八時半？」ケインがきき返した。「この会社の営業時間は九時から五時じゃないのか？」

「ジェシーと話しあって、私たちには八時半から四時半のほうが都合がいいという結論になったの。どうせ子供がいるから早起きするんですもの。そうすれば夜、一緒に過ごせる時間がふえるし」

「好きなようにするといい」ケインは幅の広い肩をすくめた。その無頓着《むとんじやく》な様子は、彼のような男性は子供と過ごす時間のことなど心配する必要がないのだという事実をジェシーに思い出させた。彼らは自分のことだけを考えていればいいのだ。

男性とはそういうものだから、とジェシーは自分に言い聞かせた。彼が親切心で送ってくれるなどと考えないほうがいい。私とベッドをともにしたくて送ってくれるだけ。

いつもと違ってその考えに嫌悪感をいだかなかった自分に、ジェシーは愕然《がくぜん》とした。こんなにも長いあいだ、男性と接触せずに過ごすべきではなかったのかもしれない。ため息をもらしそうになるのをこらえてコンピュータのスイッチを切り、バッグを手に立ちあがる。

「さよなら、ミッシェル。今日はどうもありがとう。また明日ね」

「彼女はいい人だろう」エレベーターで地下駐車場に向かいながらケインが言った。

「ええ、本当に」ジェシーは同意した。「仕事もできるし」秘めた思いや欲望から彼の前で不自然な態度をとるまいと決心してつけ加える。

「ハリーはそういう人間しか雇わないんだ」

「戻ってきたときに失望されないことを願うわ」

「そんな心配はいらないと保証するよ」

エレベーターのドアが開き、駐車場で二人きりになっても、ケインは腕をとろうとしたりしない。それがジェシーにはうれしかった。彼女はむやみに触れたがる男性が好きではなかった。

「こっちだ」彼はつややかな銀色のセダンの前で足を止めた。

「ところで、車のリースについてはもう少し見合わせることにしたわ」

「どうして?」

「急いで何かをするのは好きじゃないの。じっくり考えて決めるのが好きなのよ」

「それは経験則か、あるいは単に事実を述べているのか、あるいは僕に対する警告なのか?」

「警告が必要なの?」

車が遅い午後の日差しと交通渋滞のなかに出ていった。最初の信号で止まるまで、ケインは口を開かなかった。

「ジェシー、お互いにゲームはよそう。この前の晩、きみは相手を求めてあのバーへ行った。僕が結婚していると知らされなかったら、僕たちはすでにつきあっていただろう」

事実を告げるときが来た。ジェシーは決心した。

夜になるとバーを渡り歩いては見知らぬ男性に声をかけ、ホテルへ行くのを習慣にしているような女だと思われるのは、プライドが許さない。

「化粧室であなたが結婚していると教えてくれた人なんていなかったのよ。あれは作り話なの」

「なんだって？　なぜそんなことを？　つまり……ちくしょう！」バックミラーを見ながらケインはつぶやいた。信号が青に変わり、後続の車が警笛を鳴らしている。

「ねえ、あなたは運転だけに集中して！」それはエミリーに注意するときの口調だった。

人に命令されるというショックから立ち直ったケインは、言われたとおりにした。静かになったところで、ジェシーは事の真相を語りだした。お金に困っておとり捜査の仕事を始めたことを。その仕事がいやでやめたものの、エミリーの欲しがっていた高価な人形をクリスマスにプレゼントするため、最後に一度だけ引き受けたのだと。

先週の金曜日にあのバーへ行ったのはおとりになるためだったと告げたとき、ケインが驚いて振り向いた。標的が誰だったか打ち明けたときには、車が反対車線にはみだしそうになった。ジェシーは、ケインがブロンド女性を拒むのを目撃したとき、彼が浮気のできるような男性ではないと判断したと打ち明けた。

「もちろん、あのときブロンド女性を拒んだのが実はあなたで、カーティスではなかったなんて知らなかったけど」

ケインはしばし言葉もなかったが、ふいに吐き捨てるように言った。「カーティスの結婚生活を台なしにしなかった礼を言うよ！　どうしてそうしなかった？　罪の意識からか？」

「罪の意識？　どうして私が罪の意識を感じなければならないの？」

「おいおい、正直になれよ。もしも僕が不幸せな結婚生活を送っている哀れな男で、そこへきみが現れて酔っている僕に色目を使ったら、僕だってきみを拒むのに苦労しただろうよ」

「大げさに言うのはやめて。私はそれほどセクシーでもなんでもないわ」

「誓ってもいいが、きみはセクシーだよ。演技力も大したものだ。先週の金曜日は、きみも本当に興奮しているんだとばかり思った。ベッドに連れていってほしいんだと」

「あなたに魅力を感じたのは事実よ」かなり控えめな表現だ。「でも、あなたとホテルに行くつもりはなかったわ。出会ってわずか数分後には」

「僕はきみの名前さえ知らなかったが、それでもかまわないと思っていた」

「そうでしょうよ、あなたは男だもの。男というのはまったく別の生き物なんだから。概して女性はもう少し用心深いのよ」

「女性がみんなそうとはかぎらないさ」

「それはそうだけど。それに、シングルマザーにある種の評判があることは百も承知しているわ……なんていうか……男に引っかかりやすいって。もしも私をデートに誘おうと思っているのなら、あなたにはその間違いを犯してほしくないの。そう考えているんでしょう。でなかったら、どうして私を送ってくれるのかしら？」

「きみは僕のことを完全に把握しているみたいだな。こうなったら、なんて言えばいいのか。きみをデートに誘いたいのは認めるよ。今までは下心があったことも」

「それで、今は？」

「今でもベッドに誘いたいと思っているけど、それ以外にもきみと一緒に過ごしたい。きみはとても興味をそそられる女性だよ、ジェシー・デントン」

さっと頬が赤らんだのを見られないよう、ジェシーは顔をそむけて腕時計に目をやった。六時前には保育所に着けるだろう。

「それで、僕とデートしてくれるかい？」

ジェシーは見つめられているのを感じたが、彼を見ようとはしなかった。例の微笑同様、その目で見つめられると、とろけてしまいそうになる。

「場合によっては」

「いつ？」

「せかさないでよ、ケイン」

ケイン。ケインと呼んでしまった。今まで名前で呼んだおぼえはないのに。

「今度の金曜日はどうかな？　先週の金曜日は誰かに娘さんを見ていてもらったんだろうから、今週も頼めるだろう。食事をしてからクラブへ行くか、なんでもいい、きみの好きなことをしよう。映画でも、芝居でも」

彼とベッドへ行くのも悪くないと考えた自分に、ジェシーはまたもや愕然とした。よほど切羽つまっているみたい。とはいえ、欲望よりもプライドのほうがまだまさっていた。

「今度の金曜日は早すぎるわ。あなたのこと、ほとんど知らないもの。あなたのほうは私の履歴書を見たでしょうけど。ハリー・ワイルドの代わりに彼の会社の面倒を見ていないときは、どんな仕事をしているのかさえ知らないし」

「その質問の答えは、明日の朝デスクを見ればわかるさ。僕が何をしているか説明するより簡単だ。説明しようと思ったら、ひと晩かかる」

ジェシーはケインを見て目をしばたたいた。私に興味をそそられると彼は言った。興味をそそるのは彼のほうなのに。

「そう。それでも、個人的にあなたのことをほとんど知らないわ。離婚したと言ったわね。何年くらい結婚していたの？　どうして離婚されたの？」

「結婚生活は三年。それに離婚を申し立てたのは僕のほうだ」

「まあ。なぜ？　奥さんに浮気でもされたの？」

「僕の知るかぎり、それはない」信号が変わり、車は混雑した交差点をゆっくり進みだした。「妻とは子供のことで意見が合わなかったんだ。結婚前に話しあうべきだったんだろうが……今、あいつが割りこんだのを見たかい？」

たしかにニアミスは見たけれど、重大な事故につながるほどスピードは出ていなかった。

「なんの話だっけ？　そうだ、離婚のことを話していたんだった。子供を持つことに関して妻の考えを変えられないと気づいたときに、離婚しようと決心したんだ。友好的な別れだ。彼女とは今でもいい友達だよ」

ケインがご多分にもれず、子供を欲しがらない自分本位の現代男性のひとりだとわかって、ジェシーは少なからず失望した。かわいそうな奥さん。彼女が求めているものを与えようとしない男性のために、三年も人生を無駄にしたなんて。

これはジェシーにとってもいい警告になる。

「そうなの」彼女はうなずいた。

「きみこそどうなんだ、ジェシー？」

逆に質問されたとき、彼女は物思いにふけっていた。ケイン・マーシャルとベッドをともにする喜びのためだけに、彼と恋に落ちる危険を冒す価値があるだろうかと。

「きみはどうして子供の父親と一緒に暮らしていないんだ？」

「亡くなったのよ。スノーボードの事故で。エミリーが生まれる前に」

「なんてことだ！ 気の毒に、ジェシー。心からそう思うよ。彼の家族が支えになってくれたのならいいんだが」

「ライアルは家族と疎遠になっていて、話を聞いたかぎりでは好きになれそうになかったから、子供ができたことは話していないの。それに、彼の家族はニュージーランドにいるのよ。私としても飛行機で会いに行くほどの余裕はないわ。だからエミリーは自分ひとりで育てようと決めたの」

「きみの家族はどうなんだ？」

ジェシーは一瞬ためらった。「残念ながら、私の家族も似たようなものよ。母もシングルマザーだったの。結婚している男性を好きになって。母はアイルランド人でカトリックだから、堕胎するなんて問題外だった。母は私が赤ん坊のときにオーストラリアに移住したんだけど、そのころには男性に対する憎悪で心がゆがんでいたみたい。数年前に故郷へ帰ったわ。娘までシングルマザーになるのがいやだったのよ。私はばかだって言われた。でも、シングルマザーといっても私は母とは違うと断言できるわ」

「それは疑う余地がなさそうだな。きみはとても強い意志の持ち主だよ、ジェシー・デントン。とても勇敢だ」

「勇敢？ そうは思わないわ。あのころはまったく自信がなかった。どうしようもなく落胆していたのは言うまでもないけど。ひどい鬱《うつ》状態だった。産後の鬱じゃなくて産前の鬱よ。でもどうしようもなかったわ。エミリーは間違いなく私の子供なんだから。

それに、経済的な問題があるにはあったけど、信じられないほどすばらしい経験だった。子供を産んで後悔したことは一度もないわ。今はこうして正式に職に就いて、経済的な心配もなくなったし」

「履歴書によればレストランで働いていたようだな。その仕事が好きだったのか？」

ジェシーは肩をすくめた。「あんまり。レストランくらいしか、働ける場所がなかったから。おとりになる仕事はあまりしたくなかったの。どうしてもお金が必要で、最後に一度だけと思って引き受けたのよ。妖精《ようせい》フェリシティの人形がいくらするか、知ってる？」

「ああ、知っているよ。姪《めい》に買ってくれと頼まれたから。エミリーと同い年くらいかな。一緒にクリスマス・プレゼントの買い物に行かないか」

ジェシーは苦笑いを浮かべて彼を見た。「食事代を節約して、デパートのおもちゃ売り場で誘惑するつもり？」

ケインが笑い声をあげた。「どんな男だろうと、安上がりにきみを誘惑するところなんか、想像もつかない」

「ひとりいたわ。そしてエミリーが生まれたのよ」

「それじゃ、僕はほかの男のせいで罰を受けているというわけか」

「〝転ばぬ先の杖《つえ》〟と言っておくわ。だけど、運が悪かったわね。人形は先週の土曜日にドーラが買ってくれたから、買い物はあなたひとりで行ってちょうだい。忠告しておくけど、早く行かないと売り切れてしまうわよ」

「そうするよ。そろそろローズビルだ。道案内をしてくれ」

ジェシーは腕時計をちらっと見た。「ぎりぎりでまにあいそうだわ」

「遅れた場合はどうなる？」

「六時を過ぎたら十五分待たせるごとに超過料金が科せられる仕組みなの」

「厳しいんだな。もし事故でもあって道路が渋滞した場合はどうなんだ?」

「だから電車のほうが安心なのよ。でも、これで働く母親のストレスや心労が少しはわかったでしょう。情事にふけっている時間なんかないって。次の角を左に曲がって。保育所は四ブロック先の左側よ。セメントの壁が水色に塗られたところ。見逃しようがないわ」

「働く必要がなくても仕事をするかい?」

「どうしても仕事をしなきゃいけないわけじゃないわ。家にいて生活保護を受けることもできるけど、エミリーがそれを見ながら成長するのはあまりいいお手本にならないと思うの。それに仕事ができるうちは働くべきだと思うし。経験したから言えるけど、生活保護なんてひどいものよ」

「仮に結婚していて夫に充分な収入があったら、それでも仕事をする?」

ジェシーは笑った。「無益な想像はしないことにしているの」

「実は、カーティスの妻、リサのことを考えていたんだ。彼女は母親になってこの四年間、母親業に専念してきた。それで満足しているのかと思ったら、そうじゃないらしい。ベビーシッターを頼んでジムにでも通ったらどうかとアドバイスしたんだが、一時的な解決法でしかない。何かもっといい案はないかな」

「どこか保育所を探して、パートタイムでもいいから仕事に戻るべきだわ。お金が必要じゃないのならボランティアをするとか。ときどき大人同士のつきあいが必要よ。それに母親や妻としての役割以外に何かに挑戦することが」

「そうだな。それはいいアドバイスだ。ありがとう。

これで二回、カーティスの結婚生活を救ったことになるかもしれない。ああ、あそこだな。六時二分前だ。まにあった!」

ケインが縁石に車を寄せるや、ジェシーは助手席から飛びおりた。「本当にありがとう、ケイン。行ってちょうだい。エミリーと歩いて帰ってもここから十分だから大丈夫よ。さようなら。また明日」

ジェシーはケインに反論するすきを与えず、助手席のドアをばたんと閉めて、建物のなかに走っていった。

その後ろ姿を見ていたケインはにやりとした。

「そう簡単に僕を追い払うことはできないさ」

車のエンジンを切って降り立つと、歩道側にまわった。そして助手席のドアに寄りかかって腕組みをし、ジェシーが戻ってくるのを辛抱強く待った。

8

二分後、ジェシーは彼女そっくりの少女の手を引いて出てきた。黒い巻き毛に白い肌。角ばった顎。

車のところで待っているケインを見たときのジェシーの表情には、驚きといらだちがまじっていた。そして娘の大きな茶色の目には好奇心と喜びの色が浮かんでいる。

ジェシーはしぶしぶ二人を紹介するにあたって、彼をミスター・マーシャルと呼んだ。

エミリーはケインに不思議そうなまなざしを向けた。その顔に浮かんでいたうれしそうな表情は跡形もない。「ママの新しい会社の人? 迎えに来るのが遅れたのはこの人のせいなの?」

「そうだよ」ケインは白状した。「その代わり、仲直りのしるしに車で二人を家まで送ってから、夕食にピザでも注文しよう。今夜はママがお料理しなくてすむだろう」

ケインは誘うように助手席側のドアを開け、顔をしかめているエミリーに今夜の予定を説明した。ジェシーの反応はと見ると、口元に奇妙な笑みを漂わせている。

「このアイディアに何か問題でもあるかい？」母親から娘へ視線を移しながらきく。

「チャイルドシートのない車に乗っちゃいけないって、ママが言うから」エミリーがすまして言うのを、ジェシーはほほ笑みながら眺めていた。「それからママはピザを食べさせてくれないの。ジャンクフードだって」

「しまった」ケインがつぶやいた。「それじゃ、歩いてきみとママを送っていくというのはどうだい？

今度何かあったときのために、どこに住んでいるか知っておいたほうがいいからね。そうしたら、僕が車をとりに戻るあいだに、夕食に何を買えばいいか、ママと相談できるだろう」

「月曜日はいつもドーラと食べるの。今日は月曜日よ。そうでしょ、ママ？」

「そうよ、ダーリン」

満足そうな声だとケインは残念に思った。

「手詰まりね《チェックメイト》」ジェシーがいたずらっ子のように目を輝かせてつけ加える。

ケインは歯を食いしばった。いつの日かこの目を別の理由で輝かせてみせる。そうでなければ、成功しそうな男性の一位に選ばれたりしない！

「その比喩《ひゆ》は正しいのかな？」物静かな言い方の陰には固い決意があった。「それに、チェスは単なるゲームだが、これは闘いだ。きみの家に行く道すがら戦術を立て直すことにするよ」

　ケインは車のドアを勢いよく閉め、ドアロックして、キーをズボンのポケットにすべりこませた。そして、人の心を動かさずにはおかない例の笑みを浮かべて敵に向き直る。

「お嬢さん、バッグをお持ちしましょうか？」エミリーが歩道に引きずっていた小さなバックパックに彼は手を伸ばした。

「自分のバッグは自分で持てるわ。でも、ありがとう」エミリーが小生意気に答えた。

　ケインはジェシーにおどけた顔を向けた。「訓練中の男女同権主義者かい？」

「いいえ。独立心が強いのよ。今の時代、生きていくのに誰にでも必要な資質だわ」

「そうかもしれない。オーケー、きみがバッグを持つ代わりに、僕がきみを抱いていくというのはどうかな？」

　次なる反対にあう前に、ケインはエミリーを自分の肩にのせ、脚を首の両側に下ろさせた。バッグを背負っていても少女は軽かった。

「僕の頭に腕をまわしてごらん。足は押さえているから」だが、サンダルをはいた足をつかむと、デザイナースーツの前面に砂が飛び散った。「なんだってこんな……」

「エミリーは午後の大半を砂場で過ごすのよ」ジェシーは謝らなかった。

「なるほど」

「簡単に払い落とせるわ」陽気に言う。「ほら、こうすれば……」

　ジェシーが砂を払おうとすると、ケインは体をこわばらせた。

「全部落とせたと思うよ」拷問のように思えた一分ほどを我慢して、ケインはそっけなく言った。

　ジェシーはまだ続けている。「すてきなスーツを台なしにしたと言われたくないから。イタリア製でしょう?」

「ああ」彼はデザイナーの名を口にした。

ジェシーの目が丸くなる。「やっぱりね」

ようやく彼女はケインから手を離した。

「これでいいわ。さあ、行きましょう」

歩きだしてケインはほっとした。ジェシーの手でスーツの上から胸を撫《な》でられるだけで自分の体が示した反応は、肌にじかに触れられたらどんなにすばらしいかを物語っていた。

「これって楽しい!」エミリーの興奮した声に、ケインは現実に引き戻された。彼も子供のころ、父の肩車が大好きだった。

「乗馬に似ているんだよ。馬に乗ったことはあるかい、エミリー?」

「もちろん、毎週連れていってるわ」彼の隣でジェシーがつぶやいた。「バレエとバイオリンのレッスンの合間に時間がとれるときは」

幸い、娘は母の皮肉を聞いていなかった。

「ううん、乗ったことないわ。ママ、馬に乗りに行ってもいい?」無邪気に尋ねる。

「街のなかに馬はいないのよ。郊外までドライブに行かなければならないんだけど、それには車が必要でしょう。うちに車はないから無理ね」

「僕が連れていってあげるよ」ケインが言うと、ジェシーに鋭い目でにらまれた。

「そんなことしないで」

「したいんだ。僕も楽しめると思うし」

「いつ?」エミリーが口をはさむ。「いつ?」

「近いうちにね」ケインが約束する。

「クリスマスが終わるまではだめよ」ジェシーはあわてて言った。「クリスマスまではみんな忙しいから。それに、ミスター・マーシャルがちゃんとしたチャイルドシートを買うまでは、彼の車ではどこへも行けないわよ。そういうことには時間がかかるんだから」

ジェシーの満足そうな笑みは、チャイルドシートを買うのは面倒なことだと言っているようにケインには思えた。

「ケインだ」彼は断固とした口調で言った。「ケインと呼んでくれ。ミスター・マーシャルではなく」

「わかったわ。こっちよ……ケイン」

ジェシーが先に立って角を曲がると、保育所のあった通りよりずっと静かな並木道に出た。エミリーが手を伸ばし、張りだした枝から木の葉をむしっている。エミリーの楽しそうなおしゃべりが、大人たちの言葉による愛撫《あいぶ》から注意をそらしてくれた。

なぜなら、たしかに愛撫だったからだ。ジェシーは気づかなかったとしても、ケインにはわかっていた。彼がジェシーを求めているのと同じくらい、彼女もケインを求めている。ただ、彼女は男性を軽蔑《けいべつ》するあまり、欲望に屈して流れに身をまかせることができないのだ。二人のあいだでは避けられない事態を先延ばしにすれば、クリスマス過ぎにはケインが〈ワイルド・アイディアズ〉を去り、二人の関係はそれで終わるとジェシーは思っているのだ。オフィスからも彼女の人生からもいなくなると。

ケインには思いとどまるつもりは毛頭なかった。ジェシーが手ごわければ手ごわいほど、彼女を手に入れる決意が強まる。ベッドのなかだけでなく、自分の人生においても。今のところ彼女に対する感情は真実の愛と呼べるものではないかもしれないが、単なる欲望だけでもない。それ以上のものだと断言できる自信はある。

五分後、ジェシーが足を止め、赤煉瓦《れんが》の屋根に波状の曲線、重い窓枠が特徴の、オーストラリアが連邦化した二十世紀初頭の建築様式の家に通じる門を開けた。舗装された小道の両側にはきれいなばら園が、突き当たりには囲いをめぐらしたポーチと、両側にステンドグラスがはめこまれた玄関ドアがあった。

ドーラは貧しいというわけではなさそうだ。ローズビルにあるこういう様式の家は決して安くはない。彼女が母屋に続いている離れをジェシー母娘《おやこ》に貸しているのは、経済的理由というよりは、話し相手が欲しいからだろう。

「下ろしたほうがよさそうだな、エミリー」ケインは玄関の石段に近づいていった。「さもないと、ポーチの屋根にきみの頭がぶつかってしまう」

ケインが肩からエミリーを持ちあげてそっと下ろすのを見ていたジェシーは、心臓がひっくり返るかと思った。娘が彼に向けた愛情のこもったまなざしを見て、彼女はケインを殴りつけたくなった。

エミリーを利用して私を口説こうとしている。

そんな手は通用するものですか。先ほど彼のスーツから砂を払っていたとき、どんなに彼とベッドをともにしたいと思っていたにしろ、今はもうその気はない。たしかに彼はすばらしい体つきをしている。よく鍛えているのは明らかだ。

みんなの声をドーラが聞きつけたのか、ベルを鳴らす前にドアが開いた。

ケインを見たときのドーラの表情に、ジェシーは笑わずにはいられなかった。

「ミスター・マーシャルよ」エミリーが甲高い声で言った。「ママの新しいボスなの。でもケインと呼んでほしいんですって。車で送ってくれると言ったんだけど、チャイルドシートがないからだめだってママが言ったの。すてきな車なのに。ぴかぴか光っていて銀色なのよ。クリスマスが終わったら、その車で馬に乗りに連れていってもらえるの。それまでにチャイルドシートを買うんだって。ミスター・マーシャルは夕食にピザを買ってくれるって言ったんだけど、それもママがだめだって。ねえ、ドーラ、夕食に呼んでもいい？　いつもたくさんお料理を作るでしょう。この前の月曜日、ママがそう言ってたもん」

ジェシーは、四歳の娘がこれほど上手に話せるのが誇らしいのと同時に、無邪気なおしゃべりが恥ずかしくもあった。

エミリーに慣れているドーラはただ笑っている。すっかり魅せられた様子のケインに、ジェシーは困惑した。彼はそこまで演技が上手なのか、あるいは本当にエミリーが気に入ったのだろうか？

自分の子供など欲しくないと思っている男性なら、もっと短気で、これほど親切ではないはずだ。

そこまでして私とベッドをともにしたいのだろうか。ジェシーは喜ぶべきか怒るべきか、わからなかった。

「ポテトの皮を余分にむきましょうね」ドーラが言う。「今夜はローストラムよ。ラムはお好きかしら、ミスター・マーシャル？」

「大好きです。どうかケインと呼んでください」

「ケインね。でも……」ドーラはジェシーに不可解な視線を向けた。

「ケインにはカーティスという双子の弟がいると言ったら信じられる？」ジェシーが応じた。「一卵性の双子なの。カーティスは結婚しているのに、ケインは離婚したんですって」

「そうなの？」ドーラが目を輝かせた。「それは驚きだわ！」

「あたしには弟も妹もいないの」エミリーがため息まじりに言った。「パパが死んじゃったから」

「そうだね、ママから聞いたよ、エミリー」目の高さが同じになるようケインはしゃがんだ。「悲しいことだね。でも、いつかきっと新しいパパができるよ。きみのママはとてもきれいだから。新しいパパが欲しいかい？」

エミリーが返事をする前に、ジェシーは急いで娘を抱きあげた。「さあ、おしゃべりはこれくらいにしましょう。夕食の前にエミリーをお風呂に入れて着替えさせないと。そのあいだにドーラと話でもしていてちょうだい、ケイン。ドーラ、こちらのお客さまにあなたのクリームシェリーをさしあげてくださらない？」

「運転するときは飲まないことにしているんだ。それでも、ドーラが料理しているあいだの話し相手にはなれると思うよ」ジェシーが戻ってくるまでに、彼女について知りうることはすべて聞きだしてみせると言わんばかりだ。

この一年間、ジェシーはドーラと有意義な会話を重ねてきた。それに、男性と違って女性は自分自身について真実を語るものだ。彼がうまく質問すれば、知りたいことを聞きだせるだろう。

ジェシーは戦略を間違えたかもしれないと思った。

でも今さら手遅れだ。

ケインがたとえ事実を知ったとしても、私には自分の考えや意思がある。私の意に反して何かをさせることはできない。

けれど厄介にも、体の奥深く、この四年間無視してきた女性特有のあの秘密の場所が、彼に愛されたいと渇望している。

性的な誘惑というのは不道徳なものだ。暗く、強烈で、原始的なもの。理性や誇りに左右されることがない。欲求に育てられ、情熱によってあおられる。ジェシーはドーラのローストラムよりもケインを自分の体のなかにおさめたかった。

ライアルとのあいだには感じたことがなかったほど、ケインが欲しい。

それで、どうするつもりなの、ジェシー？　気乗りしないまま娘を風呂に入れながら、率直に自分に問いかける。

「ママ」エミリーの豊かな巻き毛を刺激性の少ないシャンプーで洗っているジェシーに、娘が言った。

「うん?」ジェシーは心ここにあらずだった。

「あたし、ケインが好き。楽しいもん」

「ええ、そうね」

「ママはケインが好き?」

「そうね……ええと……ママは……」

「ケインはママが好きよ」

ジェシーはため息をついた。エミリーをだまそうとしても意味がない。嘘《うそ》をつくのも無意味だ。いずれは屈服して、金曜の夜ケインと出かけることになるのだろうから。

「そうね。そうかもしれないわ」

ジェシーは次の質問に身構えたが、何もきかれなかった。エミリーは黙ったまま座っている。

ジェシーは体をかがめて娘の表情を見ようと顔をのぞきこんだ。母親から自分の気持ちを隠そうとするときにエミリーが浮かべる、驚くほどうつろな表情をしている。

「エミリー、何を考えているの?」

「何も」

「嘘をつかないで。言いなさい」

「クリスマスのことを考えていたの。サンタクロースならお願いは必ず聞いてくれるの?」

話題が変わったことにジェシーは安堵《あんど》した。「いい子にしていればね」

「あたし、ちゃんといい子にしてるわ」

ジェシーは笑みを浮かべて娘にキスをし、抱きしめた。「そのとおりよ。心配することは何もないわ。クリスマスの朝になったら、あなたがお願いしたことは全部かなうから」

9

ケインがドーラとエミリーをあそこまで魅了してしまうことを、ジェシーは予測すべきだった。彼はどこまでも魅力的な男性だ。夕食のためにジェシーとエミリーが母屋に戻ると、ドーラは完全にケインの言いなりになっていた。

エミリーはといえば……サンタクロースでさえ娘をあんなに興奮させることはできなかっただろう。エミリーはケインの隣に座ると言い張り、彼は今まで誰もしてくれなかったほど親切にエミリーに接した。まるでプリンセスででもあるかのように、ひと言ひと言を大事にしてエミリーの要求をかなえてやっていた。

人生のなかで一時的な存在にしかなりえない男性を娘が慕いすぎるのではないかというジェシーの心配は、いかにもうれしそうなエミリーを見て、しばし忘れ去られた。すでに少女の寝る時間はとっくに過ぎている。だが、物語を読んでほしいとねだられ、言われるままに読んで聞かせたケインはとても上手だった。

最初の物語が終わると、当然ながらエミリーはもっと読んでほしいとせがんだ。もっと欲しがるのは血筋だとジェシーは苦々しく思う。

ケインがひとつ、またひとつと読んで聞かせているうちに、エミリーは眠りに落ちていった。

「やっと寝たわ」腕組みをして寝室の戸口に立ち、ケインの様子を見守っていたジェシーは、皮肉をこめて言った。「もう読まなくても大丈夫よ」

「だけど、ウィリー・ウォンバットが長年離れ離れになっていたお父さんと再会できたかどうか、知りたいんだ」ケインがいたずらっ子のように目を輝かせ、魅力的な笑みを浮かべて言う。

「いいわ。居間へ持っていって、最後まで読んでいてちょうだい。私はもうしばらくこの子のそばにいるから。それからあなたをお見送りするわ」

「なんだ、ナイトキャップはなし？」

「ええ。もう遅いし、明日は仕事よ。あなたもそうでしょう」

「僕はボスだから、遅れても平気さ」

「私はそういうわけにいかないわ。向こう三カ月は仮採用中の身だもの」

「そんなこと、誰が言った？」

「ミッシェルよ。それがハリー・ワイルドの雇用規則だって。新しく採用された社員が三カ月間で期待にそえなければ、解雇通知を受けとることになっているんですって」

「ハリーからそんな話を聞いた覚えはない。もっとも、自分が留守にしている一カ月のあいだに僕が人を採用するような事態は予想していなかっただろうが。仮採用のことが心配なのか、ジェシー？」

「いいえ。期待にそってみせるわ。大丈夫よ」

「僕もそう信じているよ」

エミリーのベッドの端に腰かけていたケインは立ちあがり、もうひとつのベッドにちらっと目をやってドアに向かった。

娘と部屋を共有していてよかったとジェシーは思った。ベッドがシングルなのも。これで誘惑から逃れられる。

「あんまりくつろぎすぎないでね」ジェシーはそっけなく警告した。「私もすぐに行くわ」

ケインはそれに応じず、横を通りながら彼女に鋭い視線を向けた。

ジェシーは黙っていればよかったと後悔した。口数が多すぎるのは、少なすぎるのと同じくらい有害だ。

夕食のあいだ、ジェシーはほとんど話をしなかった。ドーラとエミリーのおしゃべりで充分だった。もちろんケインも。彼は本当によくしゃべる。

困るのはその話がとても面白いことだ。しかし振り返ってみると、男性にしては珍しく自分の自慢話はほとんどせず、エミリーとドーラの話に集中していた。

夕食のあいだにドーラは自分の半生を語って聞かせたほどだった。

ケインはしかるべき箇所であいづちを打っていた。同情するように低い声でつぶやくこつを身につけているようだ。

エミリーも負けじと毎日の出来事を詳しく説明しながら、褒めてもらおうとときどき間をおいてケインの反応を見る。ケインはエミリーの期待を裏切らなかった。

ジェシーは娘にしっかり毛布をかけてやりながら、ほほ笑ましくその寝顔を見下ろした。生意気な子だこと。おまけに長いまつげでケインにまばたきしてみせていた。

それに反し、ジェシーはひと晩じゅう、そわそわしたり、お世辞を言ったり、なれなれしくしたりすることはなかった。だが、よそよそしい態度をとっていたにもかかわらず、ケインに魅了されてしまった。ときおりちらっと向けられる視線に。たまに向けられる微笑に。

そう、私はすっかり魅了されてしまった。望んではいけないものを望んで、ジェシーは自己嫌悪に陥った。セックスだけではない。もっと。もっと欲しい。

彼は悪魔の化身で、ジェシーを誘惑し、悩ませているのだ。屈してはいけないとわかっていながら、見込みのない闘いをしているようで怖い。あっさり降参しないことで、かろうじてプライドを保っている状態だ。ケイン・マーシャルはいつも簡単に勝つことに慣れているのだろう。私を征服しようと努力するのは彼のためになりそうだ。彼にとっては何も特別なことではない。私は大勢の女性のひとりにすぎない。彼が征服した女性のひとり。

ジェシーは思いをめぐらした。妻と別れてから、彼は何人の女性とつきあったのだろう。ライアルに死なれて以来、彼女の関心を引いた男性はケインが初めてだということは知られたくない。こんなにも欲しいと思った男性は初めてだということは、なおさら。

「ぐっすり眠ってるわ」寝室から居間へ入っていきながらジェシーはぶっきらぼうに言った。「行きましょう」

ケインは、テレビと向かいあうよう壁沿いに置かれたソファに座っていた。脱いだジャケットはネクタイと一緒にキッチンの椅子にかけてあり、シャツのいちばん上のボタンがはずされている。

帰る気は毛頭なさそうだ。私を誘惑しようとたくらんでいるのかもしれない。

ジェシーの体に震えが走った。

「きみの娘さんは頭がいいな」ぱらぱらめくっていた本をソファのそばのテーブルに置いて、ケインが立ちあがった。「それにとても愛らしい」

「母親とは大違いよ」ジェシーは噛《か》みつくような口調になった。

「母親のほうがもっと愛らしいと思うんだが」ゆっくり彼女に歩み寄っていきながら言う。「状況さえ整えば」

「私に触れたら許さないわよ」腕を伸ばせば届く距離に彼が近づいたとき、ジェシーは警告した。

彼女が立っているのは、シンクからさほど離れていない、狭いキッチンのなかほどだ。

ケインは足を止め、しかめっ面で彼女を見た。

「自分でもばかげたことを言っていると、わかっているはずだ」

そうかしら？

たぶんね。でも私は非を認めたりしない。

「隣の部屋で娘が眠っているのよ。そんなところで、あなたとセックスするつもりはないわ」

ケインの眉がつりあがった。「僕が今考えていたのはセックスじゃない。ただのキスだ。ほんの軽いキス」

「まさか！　あなたのような男性は軽いキスだけで満足するものですか」

「僕のような男性って、いったいどういう意味だ？　誰彼となく遊びまわるタイプの離婚男性と一緒にされたようだな。あるいは、きみが話してくれたように、男に飢えたシングルマザーを狙《ねら》う不道徳なやつと同じだと。そうなんだろう？」

「そんなようなものね」

「違う。僕はそんな男じゃない」

「あなたがそう主張しているだけでしょう」

「離婚して以来、女性とベッドをともにしたことはない。妻のナタリーと寝たのが最後だ」

奥さんと別れてからすでに一年以上もたっているというのに！　そんなことがあるとは思えない。彼みたいにハンサムで男盛りの人が。大勢の女性が彼の前に身を投げだすでしょうに。

「でもなぜ？　性欲が乏しいとか？」

ケインが笑った。「きみの願望か」

「でも……それにしても……」

「いいかい、僕は結婚に失敗してから慎重になったし、えり好みするようになった。行きずりのセックスには魅力を感じない。僕と同じ価値観の知的な女性と本当の意味での結びつきが欲しいんだ」

ジェシーはそれをキャリアウーマンだと解釈した。

話し相手やセックスの相手を務めながら、伝統的な意味で夫や子供の父親としての役割を期待しないキャリアウーマン。

わがままな四歳児を抱えたシングルマザーがそういう条件を満たせるとは思えない。永続的な関係はとうてい無理だ。

「先週の金曜日の夜」ケインが続けた。「僕は文字どおり雷に打たれたような気がした。きみだよ。突然、きみが誰で何をしている女性だろうと、どうでもいいと思った。何がなんでもきみが欲しい。きみと一緒にいたい。激しく情熱的に愛しあいたい」

ジェシーは彼から目をそむけた。自分の目に浮かぶ途方もない衝動を見られたくなかったのだ。腕を伸ばしたケインが彼女の顔を自分のほうに向けさせた。その指は優しくもあり、所有権を主張しているようでもあった。自分の腕が急に重く感じられ、ジェシーは組んでいた腕をわきにたらした。

「きみも望んでいるはずだ、ジェシー」ケインがささやく。「否定しても無駄だよ。きみの目にも欲望が見てとれる。恐れも。僕がきみを傷つけると思っているんだろう。きみとエミリーを。そんなことはしない。約束する。きみたちを傷つけるくらいなら、自分の心臓をえぐりだすよ。きみたちがお互いにとってどれほど大事な存在か、見ればわかる。今まで出会ったどんな親子よりも強い絆《きずな》で結ばれている。二人には幸せになってほしいんだ。信じてくれないか。僕は悪人じゃない。さあ、キスしてくれ、ジェシー・デントン」

ジェシーはキスしなかった。ケインのほうから先にキスしてきたのだ。両手で顔をはさんで唇を重ねると、彼はジェシーの唇を開かせ、舌をからませた。熱いものが彼女の体じゅうに流れ、もはや消すことのできない森林火災のように広がっていく。腕がひとりでにケインの体にまわされ、強く背中に押しつけた手のひらで彼を抱き寄せた。

ケインが喉の奥からもらしたうめくような声は、ジェシーの頭のなかで同じようにこだまとなって聞こえた。もっと密接に交わりたいという思いは強かったが、これ以上近づくことはできなかった。二人の体はすでにぴったりと合わさっていたから。唇と唇、胸と胸、下腹部と下腹部、腿と腿が。

極限まで彼に満たされたとき、どんなふうに感じるだろう。そんな期待にジェシーは呼吸が苦しくなった。ジーンズをはいていなければよかった。スカートならショーツを脱ぐのは簡単だ。今すぐこの場で立ったまま行為に及ぶことができるのに。

考えただけで、脚の力が抜けそうになる。彼はそれを感じたのだろうか？ だから私をシンクに押しつけ、床にくずおれるのを止めようとしたの？

ジェシーは本能的に脚を広げ、彼が動きやすいようにした。ケインに腰を押しつけられたときの快感は強烈なものだった。まもなく彼女は恥ずべき欲求にかられ、完全に降伏してうめき声をあげた。

「ママ！」

エミリーの泣き叫ぶ声が、まさに達しようとしていたジェシーを現実に引き戻した。

「ああ、なんてことかしら」ケインから唇を引きはがすようにしてジェシーはうめいた。「エミリー」

あっという間にケインによってみだらな女におとしめられても、ジェシーのなかの母性が女としての自分にまさっていたことに気づかされた。もう少しで歓喜の声をあげるところだった。ジェシーは自分に愛想をつかし、激しく波打っているケインの胸の下からなんとか抜けだすと、シンクにもたれている彼を残して寝室へ急いだ。

「どうしたの、エミリー？」落ち着き払った声は、まだ体の奥で起こっている反応をあざ笑っているようだ。

「夢のなかに熊《くま》がいたの。大きな熊が。怖かった」

　エミリーの悪夢にはたびたび熊が出てくる。子供向けの物語にあんなに熊が出てこなければいいのにとジェシーはよく思う。

「オーストラリアに熊はいないわ。動物園以外にはね。だから怖がる必要はないのよ」

「ケインはまだいる？」

「いるわよ。どうして？」

「ケインなら熊から守ってくれる。熊を追い払ってくれるもん」

「そうね。だったら熊のことを心配しなくてもいいでしょう？　もう寝ましょうね。わかった？」

　エミリーがあくびをした。「わかった」目を閉じると、少女はまたたく間に眠りに落ちた。

　ジェシーは娘のそんなところがうらやましかった。彼女はなかなか熟睡できないたちだった。今夜はいつも以上に寝返りを打ちそうだ。

　それと同時に、ケインに対する感情に逆らいつづけるのは無意味だと悟った。それに、かなりばかげている。その点では彼の主張が正しい。二人とも大人だ。お互いに相手を求めている。いいえ、私のほうが彼を欲しいと思っている度合いが強いだろう。それも自然のなりゆきだ。私は女性で、彼は男性だから。

　ジェシーは母親と違って比較的決断力のあるほうだった。成長過程にあるとき、自分の人生に責任を持つのを目標のひとつとしていたし、ほとんどそれに成功したと言える。あとになって考えると、亡くなった夫ライアルのことは判断を誤ったが、その過ちの結果は結局大きな喜びにつながった。

　ケインと関係を持つのはおそらく思慮に欠けることだろう。でも、彼女とて聖女ではない。

　もたもたするのはやめようと決心して居間に戻ったジェシーは、ジャケットを着ようとしているケインを見て驚いた。

振り返った彼は困惑した顔をしていた。「悪かったよ、ジェシー」ネクタイをポケットに押しこみながら言う。「あそこまでするつもりはなかった。本当だ。だけど嘆かわしいことに、きみは僕にそういう影響を与えるんだ」

ジェシーは顔をしかめた。「嘆かわしい？」

ケインが苦笑いする。「自制心を失うことはまずないんだ。計画を立ててそれに沿って行動することを誇りにしている。機が熟さないまま事を進めるなんて、まずないんだが」

ジェシーは笑わずにはいられなかったが、エミリーを起こしたくなくてこらえた。

「ああ、その、機が熟さないまま実際に事に及んでいたら、僕も笑えるんだけど」

「まあ」打ち明けられたジェシーは驚いた。「私はてっきり……」

「いや」ケインがうめく。「我慢した」

「危機一髪というところだったのね」

「危ないところだった」

「金曜日の夜まで待てるの？」

青い目が大きく見開かれた。「僕が考えているような意味で？」

「たぶんそうだと思うわ」

ケインの顔がぱっと明るくなった。「わおっ。これはまた思いがけないことだ」

「あなたの言うとおりだと思って。私がばかだったわ。でも、ひとつわかってほしいの。二人には将来性がないってことを。私はあなたの探し求めている女性じゃないわ、ケイン。だいいち、私にはエミリーがいるもの。それに今はフルタイムの仕事もあるし。よくて友達、もしくはパートタイムの恋人ってところね」これでいいわ！　主導権を握ることができてジェシーは気分がよかった。

しばらくのあいだケインは何も言わず、探るように彼女の顔を見つめていた。彼が何を見いだそうとしているのか、ジェシーには見当もつかなかった。

「僕はそれでもかまわない」

ケインは何を考えているのだろう。何を計画しているのかしら。彼の声や顔に表れている何かから察して、その計画が私の思惑と同じだとは思えない。

いったい何？

私は見くびられているの？

もう一度主導権を握るべきかもしれない。

「ところで、金曜日のことだけど」彼女はぴしゃりと言った。「場所はどこだろうと、ひと晩じゅう、あなたと一緒にいるつもりはないわ。つきあうのは七時から十二時までよ。それ以上遅くまでドーラにエミリーの面倒を見てもらうわけにはいかないから。彼女はもう若くないもの」

「僕がベビーシッターを頼もうか」

「私の知らない人に？　とんでもない。ドーラ以外の人に頼むつもりはないわ」

「どうやらきみは過保護な母親になりそうだな」

「なんとでもどうぞ。そんなことを言っても、娘に対する私の考えは変わらないから」

「断固とした考えを持った女性には敬服するよ」

「私こそ、女性の願望を尊重してくれる男性には敬服するわ」

「覚えておこう」

それもいつまで続くことやら。

もちろん金曜日の夜までよ。このゲームの目的はそこにあるんですもの。私をベッドに連れこむまで。でもそのあと、ケインがそんなに親切な男性ではなくなる可能性もある。

それまで、ジェシーは金曜日以外のことを考えるのに苦労しそうだった。

10

　翌朝、ジェシーが出社すると、『仕事で成功する方法』と題した本がデスクに置かれていた。

「これはあなたから？」すでに仕事を始めていたミッシェルにきく。

「いいえ。来たときにはあったわ。ケインがあなたのために置いていったんじゃないかしら」

　そういえば彼が何やら本の話をしていたのを覚えている。

　手にとって裏返したジェシーは、そこに載っているケインの写真を見て目をしばたたいた。

「驚いた！　彼が著者なのね！」

　ミッシェルのほうこそ、その美しい顔に驚きの表情を浮かべてジェシーを見上げた。「きのう家まで送ってくれた男性が、かの有名なケイン・マーシャルだと知らなかったの？　事業経営のカリスマ的指導者で、やる気を起こさせる専門家だって」

「知らなかったわ！　かの有名なケイン・マーシャルなんて聞いたこともないし」

「なぜか、その状況は変わりそうな気がするわ」ミッシェルが声をひそめて言う。

「本当に彼がこれを書いたの？」ジェシーはまだ信じられない思いだった。

「本当よ。アメリカではベストセラーらしいわ。オーストラリアではまだ発売されていないけど。私たちオーストラリア人はアメリカ人ほど自立のための本のたぐいには関心がないから。まあ、それも変わりつつあるわね」

「あなたは読んだ？」

「いいえ」

ジェシーはカバーの裏の経歴紹介に目をやった。ケインの職歴が長々と書かれていた。経営学とマーケティングの学位を取得している。それに心理学も。これは処女作だったが、週末に開かれる〝職場での問題解決法〟というセミナーは業界では有名なようだ。食後のテーブルスピーチの達人として紹介されており、コンサルタントとしても教育者としても売れっ子だと書かれている。

ジェシーがひそかにいだいていた希望はたった今、完全に失われてしまった。ケイン・マーシャルが本当に親密な関係を結ぼうとしている女性のタイプに関して、気が変わらないかと期待していたのだ。彼は仕事中毒《ワーカホリック》じゃないの！

「疲れているみたいね」ミッシェルが言った。「ゆうべは遅かったの？」

「いいえ。眠れなかっただけよ」

「ははん。男性問題ね」

「なんですって？」

「子供を持つ女性が眠れないときは、男性問題に決まっているのよ。その男性が誰であるかも容易に想像がつくわ。何が問題なのか、私には理解できないけど。すでにボーイフレンドがいるの？」

「とんでもない。エミリーの父親以来、ボーイフレンドはいないわ」

「なるほど」ミッシェルがうなずいた。「〝一度嚙《か》まれると二度目は怖がる〟ってわけね」

「無理もないでしょう？　ライアルが亡くなったあとでわかったんだけど、彼には恋人がいたのよ。なんと二人も」

「たしかに感心しないわね。でもそれはライアルで、ケインじゃないわ」

「でも、似ているところもあるわ。二人とも背が高くて浅黒くてハンサムで、すてきな笑顔で、口が達者ときてる。そういう男性を信用するのは容易じゃないわ」

「それじゃ、デートに誘われてイエスと言わなかったの？」ミッシェルが思いきって尋ねた。

「イエスと言ったわ。金曜の夜の約束なの」

「わざと冷たくしたというわけね。賢い子」

「あれで冷たくしたと言えるかしら？」

「もちろん。彼と会ってからまだ二日でしょう」

「実は、初めて会ってから四日になるの」

ミッシェルが目を丸くした。「本当に？　きのうの面接の前にすでに会っていたの？」

「ええ。先週の金曜日、街のバーで。でも、そのときはお互いに名乗らなかった。その……飲んでダンスをしたんだけど、彼がダンス以上のことを望んだから逃げだしたの。それが、きのうここに彼がいたものだから、二人ともびっくりよ」

「びっくりでも、うれしかったでしょう。彼があなたに夢中なのは明らかだわ、ジェシー」

「そう思う？　男性って理解に苦しむわ。セックスだけが目的かもしれないもの」

「それのどこが悪いの？　セックスから始まる関係なんていくらでもあるわ。男性に対してあまり悲観的にならないで、ジェシー。なかには本当にいい人もいるんだから。私はケインとそんなに親しいわけじゃないけど、知っているかぎりではいい人よ。みんなはすばらしい男性だと思っているし。チャンスはあげなくちゃ。それに、本のお礼を忘れないようにね。あなたがどう思ったか知りたがっているはずよ。カレンが出かけているあいだのランチタイムがいいんじゃない？　彼女とマーガレットは毎日一時に道の向こうのカフェで一緒にお昼を食べているの。マーガレットの話では、ケインは毎日ランチを届けさせているんですって。彼は読書好きで、たいていデスクにいるわ。だから一時過ぎにのぞいてみたら。彼ひとりのはずよ」

「そんなことをして大丈夫かしら?」

「どうして? 彼が何をすると思っているの? デスクの上であなたを襲うとでも?」

実際そのとおりのことを考えていたのだが、ジェシーは認めたくなかった。もっと困るのは、そうなってもかまわないと自分が思っていることだ。

今日はジーンズでなくスカートをはいてきた。しかも素足で。

今朝は空がきれいに晴れわたり暑い日になるのが予想されたので、ピンクと白の花柄の巻きスカートにピンクのTシャツ、白いサンダルという、仕事にふさわしい服装を選んだ。その外見からは、身支度をしているあいだ彼女がひそかに胸をときめかせていたことなど、ミッシェルには想像もつかないだろう。万が一、ケインが仕事場で思いがけなくジェシーを誘惑するだけの時間と場所を見つけたとき、容易に応じられる構えだとは。

なんてばかげた想像なの。でも、やはり考えただけでぞくぞくする。

ランチタイムになるころには、ジェシーの全身の神経という神経が過敏になっていた。ミッシェルが買い物に出ていってくれたのがありがたい。洗面所へ行き、化粧が崩れていないのを確かめる。顔じゅうの化粧が崩れていても驚かなかっただろうが、問題はなかった。髪は上げて、ピンクの長いクリップでとめてある。たらそうかといじってみたが、それではあまりに見えすいている。そう思われるのだけは避けたい。

ケインのオフィスへ行く口実があるのはありがたかった。彼が欲しくてたまらないという見え見えの態度で会いたくない。その思いが急速に高まりつつあったとしても。

またもや不安に襲われ、ジェシーはトイレの個室に駆けこんだ。五分後にデスクに戻り、家から持ってきたサンドイッチを急いで食べながら、要点をつかもうと本の何章かを飛ばし読みした。そうしてようやくケインのオフィスへ向かったとき、一時二十分だった。

幸いカレンはデスクにいなかった。運命も味方してくれているようだ。しかし、半開きになったオフィスのドアから女性の声が聞こえてきたとき、ジェシーの心は沈んだ。

ドアに何歩か近づいたところで、ぴたりと足が止まった。カレンとは思えない女性の声が、妊娠とかなんとか言っている。

「妊娠だって！」ショックを受けたようにケインが叫んだ。「なんてことだ、ナタリー」

ナタリー。別れた妻の名前だ。

「心配しないで、ダーリン。あなたの子供じゃないわ。まだ妊娠二カ月よ。私たちが最後にベッドをともにしてから、少なくとも数カ月はたっているもの。それに、私の記憶が正しければ、あなたは避妊具を使ったでしょう」

ジェシーは心臓をぎゅっとわしづかみにされたような気がした。数カ月前までケインは別れた奥さんとベッドをともにしておきながら、別居してから一年以上も禁欲してきたと思わせたのだ。ほかにも何人の女性の存在を隠しているのだろう？

「父親は誰なんだ？」ケインがきいている。

「パーティで会った男よ。弁護士だった。名字さえきこうとしなかったなんて信じられる？　調べようと思えば調べられるけど」

「子供はどうする気だ？」

「頭が変だと思われるかもしれないけど、産むつもりよ」

「冗談だろう！」

「いいえ。冗談じゃないわ、ケイン」

ジェシーはそれ以上聞いていられず、くるりと背を向け、可能なかぎり静かに廊下を引き返した。涙がこみあげそうだったが、トイレの個室に入るまでなんとか我慢できた。不思議なことに、それでも泣かなかった。泣きたい気分だったが、彼女のなかの何かが涙をせき止めていた。

戻って彼と対決し、嘘《うそ》を暴いてやりたいと思う一方で、そんなことをしたら二人の関係は終わってしまうと反論する自分がいる。

そんなことに耐えられるだろうか？　ケインと一度もベッドをともにすることなく別れられる？　つらいかもしれない。とくに彼が毎日ここで仕事をしているかぎり。偶然会うこともあるだろう。そして彼が欲しくなる。

だから彼と対決するのはやめよう。デスクに戻りながらジェシーは決心した。責めるのもやめよう。ケインが私を利用したように、私も彼を利用するまでだ。ベッドをともにするために。

少なくとも、新たに得た彼の性格に関する知識は、彼と恋に落ちるのを阻止してくれる。ほかの男性と同じように、彼も嘘つきだ。軽薄な女たらし。仕事の面で大成功をおさめたからといって、本人が主張するような善人とはかぎらない。

彼が選んだキャリアを考えてみると、実によく似合っている。セールスマンを美化しただけのことじゃない？　ぺてん師。夢を売る商売人。ケインが主催するセミナーは人の弱みにつけこみ、彼の言うとおりにすれば誰でも成功できると思わせる。私が彼をその気にさせれば、あれこれ夢を描いてみせるだろう。

彼の言うなりになるなんて、冗談じゃない。彼の話に耳を貸すものですか。好きなだけたわごとを言っていればいいのよ。私はだまされたりしない。

「何をぶつぶつ言ってるんだ？」

突然、背後からケインの声がして、ジェシーはびっくりした。

彼女は冷たい笑みを浮かべてゆっくり椅子をまわした。

「クリスマスまでにしなければいけないことを考えていたの」その日初めて、ジェシーはケインの全身を目にした。

ええ、たしかに彼はゴージャスだ。みごとなまでに。ほとんど抵抗しがたいほど男性としての自信にあふれている。

でも今は彼と相対する用意がある。彼の本当の姿を知ったからには、それを武器にできる。

「クリスマスの買い物に僕もつきあうと言ったはずだよ」人を引きつけずにはおかない例の笑みが顔に浮かぶ。

「そうだったわね。来週の今ごろは、その約束を守ってもらわなければならないかもしれないわ」

「今度の土曜日はどう？　エミリーも一緒に連れていこう。それまでに、ちゃんとしたチャイルドシートを用意しておくから」

ジェシーも彼女独特の笑みを浮かべた。ゆったりとしたセクシーな笑みを。「金曜日の夜を過ごしたあと、ベッドから起きあがれると思う？」

ケインの青い目にショックの色が浮かんだ。しかし、おもむろに彼はほほ笑み返した。「それは挑戦か何か？」

「私にとっては久しぶりだということよ。満足させるのは大変かもしれないわ」

一瞬、心配そうな表情が彼の顔をよぎった。「驚いたな。きみは何かを決心すると、全力をそそぐんだな？」

「私の人生に対する姿勢には、ときとしてとことんまでやる覚悟があるということよ」

「きみのそういうところが好きなんだ。正直であからさまなところが。道に迷った世の夫たちを求めてバーを渡り歩いているとき以外はね」

「ちゃんとした仕事に就いた今となっては、もう過去の話よ。それに大部分の夫たちはつかまるだけのことをしていたわ。正直に答えて、ケイン。あなたは奥さんを裏切ったこと、ないの？」

「なんて質問だ！」

「答えたくないのね」

「いや、そういうわけじゃない。裏切ったことはないよ。若いころたっぷり遊んだから。だから結婚してからはいっさいやめた」

「善良な男性のひとりというわけね」ジェシーはぴしゃりと言った。

「まだ信じていないようだな」

「気になる？」

「気になるね」

話が脱線してしまった。「ところで、本をありがとう。感心したわ。ちょっと驚きもしたけど。あなたが有名人だって知らなかったから」

「それほどでもないさ」

「そうなるわよ。この本はすばらしいもの」男性はどんなに褒めても褒めすぎることはない。それはジェシーも知っていた。お世辞なら言える。男性になれなれしくすることも。ただし、恋に落ちることだけはできない。

ケインがあまりにもうれしそうに見えたので、ジェシーは多少罪悪感をおぼえた。

「まだ全部は読んでいないだろう？」

「ええ、ちゃんとは。でも、金曜の夜までには読むわ」

「金曜の夜の話はやめてくれ！」彼は突然、興奮した声を出した。「三日後なのはわかっているが、ゆうべ一睡もできなかったんだ」

「実は、私もあまり眠れなかったの」

「ジェシー、こんなのばかげているよ。どうしてわざわざ苦しい思いをしなければならないんだ？　今夜は僕と一緒にいてくれ。エミリーのことはドーラに頼んで。僕たちが出かけたいときは、いつでも喜んで面倒を見ると、ゆうべドーラが僕に言ってくれたんだ。ベビーシッター代を払うと言ったら、それは断られたけど」

ジェシーはいらだちと怒りにかられた。「そんなふうに私をあざむく権利はないはずよ」

「なんの権利がないって？　気が変になりそうなくらい好きな女性と一緒に過ごしたいがために、いろいろ努力しているのに」

ケインの声にこめられた情熱に、ジェシーはさっと頬を染めた。「言ったはずよ。せかされるのはいやだって」

疲れきったため息がもれた。「わかった。僕があせりすぎているのは認める。謝るよ。ただ人生はあまりにも短いから、本当に欲しいものを見つけたら、何事も起こらないうちにつかまえておかないと、逃してしまうだろう」

「本にもそう書いてあるの？」

「いや。これはつい最近気づいたことなんだ。今日はその思いをさらに強くした」

「どうして今日にかぎって？」

「さっき、別れた妻が会いに来たんだ。なぜだと思う？　名前さえ知らない男の子供を妊娠したというんだ。そのうえ産むと言い張っている」当惑したようにケインは首を横に振った。

「それのどこがいけないの？」ジェシーは挑戦的な口調で尋ねた。中絶しろとでも言うつもりかしら？

妻が子供を欲しがったからケインは離婚した。母性本能がどれほど強烈なものか、この男性には理解できないのだ。ジェシーは子供が欲しいと痛切に思っていたわけでもなかったが、それでも中絶は考えもしなかった。

「きみはナタリーを知らないからだ。彼女はシングルマザーのタイプじゃない」

「シングルマザーにタイプなんてあるの？」

「そういうわけじゃないけど。ただ、あまりにも思いがけない話だったし、突然だったから。離婚が正式に認められたのは、たった三カ月前だ。妊娠したと彼女に告げられたときの僕の気持ちは想像がつくだろう？」

想像する必要はない。あのとき、ジェシーはあの場にいて彼の反応を聞いていたのだから。ケインは自分の子供かもしれないと思い、不安そうだった。

「今でも彼女を愛しているならまだしも。それとも愛しているの？」

「そんなはずないだろう！」

「だったら、彼女がほかの男性の子供を産んでも関係ないでしょう。彼女には彼女の人生があるように、あなたはあなたの人生を生きればいいのよ」

ケインはしばしジェシーを見つめてから、にやりとした。「わかりました、ドクター・デントン。そのとおりにするよ。そこで話は今夜のことに戻るんだが。どうかな？　一緒に夕食を。夕食だけだよ」

オーケーしなさいとジェシーの全身が叫んでいた。だけど、承諾すれば身の破滅を招くことは目に見えている。弱みを見せたら彼の思うつぼだ。

「ごめんなさい、ケイン。平日の夜は出かけないことにしているの。待ってもらうしかないわ。今夜は冷たいシャワーでも浴びてちょうだい」

二人の視線がからみあった。

「今の僕の問題を解決するには、冷たいシャワーを浴びたところで無駄だよ。まあ、なんとか乗り切るさ。だけど、食べてしまいたくなるような格好で職場に来るなら、僕に近づかないでくれ！」

11

「ママにボーイフレンドができた！　ママにボーイフレンドができた！　ママに――」

「もうわかったわ、エミリー」ジェシーが口をはさんだ。「聞こえたわよ。ベッドの上で飛びはねるのはやめなさい。トランポリンじゃないんだから。ビデオでも見たら。邪魔ばかりされたら、ママはいつまでたっても支度ができないもの」

エミリーはあっという間に部屋をあとにした。娘を黙らせることができるのは、娘の好きなビデオだけだ。

しかし、ひとりになってもジェシーは落ち着けなかった。手の震えが止まらず、いつもは決断力があるのに、今夜は何を着たものやら、なかなか決まらない。

きのう、ケインからもらったメールにドレスアップする必要はないと書かれていた。カジュアルな服装でいいと。

あのときジェシーはほっとした。手持ちの服は九十五パーセントがカジュアルだから。

暖かい夜になりそうなので、スカートがいいだろう。白黒のスカートをはいてみる。それは先日、食べてしまいたいくらいだとケインが言ったピンクの花柄のものとよく似ていた。

ああ、どうしよう。あのことを思い出さなければよかった。胸の頂が硬くなり、脚の裏側にかすかな震えが走る。

腕時計をちらっと見てジェシーはあせった。ケインが迎えに来ると言った七時まで、あと十五分しかない。帰宅してからシャワーを浴び、化粧も仕上がったけれど、ローブの下にはまだ何も着ていないし、髪はくしゃくしゃだ。しかも、ドーラがエミリーの夕食を持ってもうすぐやってくる。

親切な彼女はエミリーに食事をさせ、今夜面倒を見てくれることになっている。エミリー同様、ジェシーにボーイフレンドができたことで興奮しているようだ。幻滅させたくなかったので、ケインの本当の目的が何か、好きなように思わせておいた。

一方で、今夜は何も深刻になる必要はないとジェシーは自分に言い聞かせた。単なるお楽しみにすぎないのだからと。

下着の入った引き出しを開けながら〝単なるお楽しみ〟と繰り返し、黒いTバックとおそろいのサテンのブラジャーをとりだす。エミリーが生まれる前に買ったものだが、おそろしく高価で、ほとんど身につけたことはなかった。産後、大きくなった胸にブラジャーをつけると、覆いきれないほどだった。

それにしても、ああ、なんてセクシーに見えるの。グランド・キャニオンよりも深い胸の谷間ができている。Tバックは前から見たところは問題なかったが、後ろ姿を見る勇気はない。知らなければ落ちこむこともないのだから。

ドアをノックする音に続いて、ドーラの声が聞こえた。「私よ、ジェシー。エミリーの夕食を持ってきたわ」

「まだ支度ができていないの、ドーラ。そっちでなんとかしてもらえるかしら？」

「心配しないで。私たちなら大丈夫よ。ねえ、エミリー？」

「エミリー」スカートに合わせて買った伸縮性のある黒いトップを着ようと苦戦しながら、ジェシーは娘に呼びかけた。「ドーラを困らせないで、ちゃんとテーブルに座りなさいね。セッティングしてあるわ、ドーラ。アップルジュースはお気に入りのカップについで冷蔵庫に入れてあるから」

「ええ、ええ、心配しないで。大丈夫だから。あなたは支度を続けてちょうだい。もうすぐケインが来るころよ」

「わかってるわ」ジェシーは急いでスカートを腰に巻き、サッシュを後ろで結んだ。出産を経験して体形上プラスに働かなかったのは、ウエストだ。前よりいくらか太くなった。それでも豊かな胸と腰のおかげでバランスがとれ、全体的に今でもウエストのくびれた体形を保っている。

V字に深くくれた襟元から見える露出した肌を考えると少し落ち着かなかったが、仕上がりには満足した。湿気が多く、髪がちぢれているので、アップにするしかない。

当然のことながらまとめた髪がいくらかほつれてきたが、そのほうが男性には好評のようだ。セクシーに見えるからと。今夜こそセクシーに見えてくれなければ。

アクセサリーは最小限にとどめた。銀のチェーンのロケットに銀のイヤリング。香水は六月の誕生日にドーラからプレゼントされた高価なものだ。〝真実の愛〟と名づけられていた。

なんて皮肉かしら。先週の金曜日と同じ黒のハイヒールの革ひもを結びながらジェシーは思った。唯一残念なのは日焼けサロンへ行く費用を惜しんだことだ。ノースリーブの服にストッキングもはいていないので、青白い肌が露出している。

「ケインが来ましたよ」彼がドアをノックする前にドーラが知らせてくれた。

「今行くわ」突然吐き気をもよおし、ジェシーは驚いた。なんの屈託もないいつもの自分はどこへ行ってしまったの？

かつての自分を思い出したところへ、避妊具がないことにふと気づいた。ケインにぬかりはないだろう。子供を欲しがらない男性なら、必ず用意してあるはずだ。

「ケイン！　ケイン！」興奮したエミリーの声が聞こえる。

ジェシーは祈った。彼のことをママのボーイフレンドだと騒ぎたてませんように。

「すぐに行くわ」急いで化粧品とブラシ、財布をイブニングバッグに詰め、寝室のドアに向かう。

ケインは裏の戸口に立って待っていた。上からの明かりが彼を照らしている。

「あら」ケインを見てジェシーは言った。「色がおそろいね」

彼は黒いスーツに白いTシャツを合わせていた。デザイナーブランドの高価なTシャツなのはひと目でわかる。彼は何を着ても似合う。

ケインの目に浮かんだ表情からして、ジェシーの服装に満足しているようだ。女性の服の値段を知らない男性が多いのは幸運だった。彼女の着ているものの全部より、彼のTシャツ一枚のほうが値が張るに違いない。ランジェリーと靴を除いたらの話だけれど。それだけは高かった。

「ママ、きれいだと思わない？」ドーラがどういう手段を講じたのか、エミリーは奇跡的にテーブルに着いたまま食事をしていた。エミリーの大好物、スパゲッティ・ボロネーゼのおかげだろう。

ジェシーは、ケインが来たら彼の腕のなかに飛びこんでいく娘を想像していたのだった。

「まったくだ」ケインは目を輝かせている。

「ママに結婚を申しこむの？」

ドーラが笑っている傍らで、ジェシーはうめき声をあげた。

洗練された物腰のケインは、これに難なく対処した。「そうしてほしいかい？」

「もちろん」エミリーが言う。

「では、仰せのとおりに、お姫さま。ただ困ったことに、ママはまだ僕と結婚するつもりがないみたいなんだ」

「どうして?」エミリーは顔をしかめて母親を見上げた。

「ケインとママは知りあってまだ一週間しかたっていないのよ。もっとずっと長いおつきあいをしてからでないと、結婚はしないものよ」

「じゃあ、二週間?」

ケインとドーラの二人が笑った。

ジェシーは目を丸くするしかなかった。「少なくとも二週間はね。さあ、今夜はドーラを困らせないよう、いい子にしていてね。寝なさいと言われたら、すぐに寝るのよ。本当にありがとう、ドーラ」

「どういたしまして。せいぜいケインと楽しんできてちょうだい。急いで帰ってこなくてもいいのよ。私はここのソファで寝ますから」

「あまり遅くならないと思うわ」それはドーラよりもむしろケインに聞かせるためだった。「じゃあね、ダーリン、愛してるわ」ジェシーはエミリーにキスをした。

「少なくとも二週間と言ったんだよね?」車に向かいながらケインが言った。「それならクリスマスまでに婚約できるわけだ」

「冗談に決まってるでしょう」

「誰が冗談だと言った?」

「ケインったら、やめて」

「何を?」

「ばかな冗談はやめて。あなたが私と結婚なんかするわけがないのは、二人とも承知のはずよ」

「どうして?」

「だって、エミリーがいるもの」

「エミリーはすばらしい子じゃないか。あんなにかわいい子には会ったことがないよ」

「こんなばかげた会話を続けるつもりはないわ」

「賛成だね。僕も話をするのは飽きた」

ケインの狙《ねら》いを察する暇もなく抱き寄せられたかと思うと、ジェシーはその場でキスをされた。

最初、彼女は抵抗しようとした。ドーラが家の外に出てきてキスしているところを見られたらどうするの？ ジェシーは抗議しようとして口を開いた。

それが間違いだった。

彼の舌が侵入してきて、ジェシーは何も考えられなくなった。ようやく唇が離れたとき、頭はくらくらして体は限界寸前だった。

「きみをどう扱えばいいか、これでわかった」彼女の腫《は》れた唇を指でなぞりながらケインが言う。「今夜きみが不機嫌になるたびに、キスすることにしよう。警告したからね。レストランでは行儀よく振舞ったほうがいい。あるいは、外で食事をするのをやめてもいいけど。きみさえよければ、まっすぐ僕の部屋へ行こう。冷蔵庫には食料があるし、電子レンジもある。ワインも果物も。これでも僕はけっこう家庭的なんだよ。きみのそばにいるときだけ野獣に変身するんだ」

「野獣は好きよ」ジェシーの耳に低くハスキーな自分の声が届いた。それにしても唇に当てられた指の感触が驚くほどすばらしい。考え直す暇もなく、舌先で指を迎えに行く。

彼女の口元を見下ろしたケインは、その指をゆっくり口内にすべりこませた。

「吸ってごらん」

ジェシーは言われるままにした。今夜は何を言われてもそのとおりにしようと思いながら。

考えただけで圧倒される。今自分は危険な領域へ足を踏み入れようとしている。でも、今まで経験したことがないほど興奮させられるだろう。

命じられるままに従うジェシーを眺めていたケイ

ンの目に、官能的な色が浮かんだ。

苦悩に満ちた彼のうめき声と、まるで彼女が危険な動物だとでもいうように指を引っこめたそのやり方に、ジェシーはショックを受けた。彼女は今まさに彼の性の奴隷になる一歩手前だった。

「もういい」ケインがうなり声をもらした。「きみはなんてつむじ曲がりな女性なんだ、ジェシー・デントン。情熱的になったり冷たくなったり。それで、今夜はどっちなんだい？　きみが決めてくれ。レストランにする、それとも僕の部屋？」

ジェシーはとっくに偽善を超越していた。彼と同じくらい興奮している。これ以上じらしたら、思わせぶりな女だと烙印《らくいん》を押されてしまう。それだけは避けたい。

「あなたの部屋にしましょう」ジェシーは両腕を下ろし、一歩あとずさった。

ケインは無言のまま彼女の手をつかみ、大急ぎで車へ連れていった。

「シートベルトを締めて。おしゃべりはなしだ。バルモラルまでそう遠くないけど、街なかは交通渋滞するから集中しないと」

先ほどまでのぼうっとした状態が薄れていくなか、ジェシーはバルモラルに思いをはせた。上流階級向けの地域だ。最近の住宅ブームのあとでは、簡素なアパートメントでも目の玉が飛び出るような値段のはず。

ケインが簡素なアパートメントに住んでいるところは想像できない。きっと眺めのいい独身者向けのしゃれた部屋で、ジャグジーもありそうだ。あるいはプール付きの最上階で、革張りのソファが置かれ、キングサイズのベッドにはアニマルプリントのカバーがかけられているだろう。

ジェシーの予想はどちらもみごとにはずれた。アパートメントではなく、一軒家だった。そしてモダンでもなければ男性的でもない。おそらく三〇年代に建てられた古い家で、アールデコ調のアンティークの家具がふんだんに置いてある。彼女の想像が的中したのは海に面していたことだ。崖《がけ》の上に建てられた家からの眺望はみごととしか言いようがない。

「奥さんとここに住んでいたの？」居心地のよさそうな居間に案内され、まず口にした言葉だった。窓からは海が眼下に見える。それにジェシーが一度だけ行ったことのあるレストランの明かりも。

「いや。市内のアパートメントに住んでいた。ここは離婚したときに買ったんだ。両親は数ブロック離れたところに住んでいるし、カーティスは隣の住宅地区にいる」

家族のすぐ近くに住むことを選んだのはすてきだとジェシーは思った。

「こういうところだとは想像もしなかった」

ケインがほほ笑んだ。「わかっている。ここへ連れてきたかった理由のひとつはそれだ。〝百聞は一見にしかず〟だよ。何度も言うようだが、僕はきみが考えているような男じゃない。さあ、そのいまいましいバッグを置いて、こっちへおいで……」

ジェシーは鋭く息を吸いこんだ。二人きりになったとたん、彼がすぐにでも愛しあおうとするのはわかっていた。それは彼女も望んでいたことだ。彼を迎え入れたい。

だが、ここへ来てベッドへ直行しようと決心するのは、彼の腕に抱かれて熱いキスをされ、彼の指を口に含んでいるときは簡単だった。今、背景に波の音しか聞こえない明かりのついた居間にいるとなると、それは容易なことではなかった。

ジェシーが動こうとしないのを見て、ケインは顔をしかめた。「おじけづいたんじゃないだろうな。それとも気が変わったとか」

「いいえ、そうじゃないの。気が変わったわけじゃないわ。でも、おじけづいているのは本当よ。もう長いこと……」

「どれくらいたつ？」

涙がにじみそうになったのに気づいてジェシーはショックを受けた。なんてことかしら、泣く必要なんかないのに。「私……ライアルが亡くなってから男性とつきあっていないのよ」

その事実を聞いてもケインが少しも驚きの表情を見せなかったのは、ありがたかった。

「なるほど」それだけ言って彼は優しく、愛情にあふれた笑みを浮かべた。「すばらしい」

驚いたのはジェシーのほうだ。「すばらしいって、何がすばらしいの？　たぶん愛撫《あいぶ》の仕方も忘れてしまったわよ！」

ケインが笑った。「きみは忘れたりしていないよ、きみには天性の資質がある。だけど、万一忘れていたとしても、僕が最初から全部教えてあげる。僕の方法で。ライアルの方法でもなければ、ほかの男の方法でもないやり方で」

「あなたの方法って？」

ケインは彼女の手をとり、居間を出た。

肩越しに向けられた視線に、ジェシーは背筋に震えが走るのを感じた。

「きみがいちばん喜ぶ方法に決まっているだろう。もちろん計画していることはある。でもそれが成功しなければ、何度でもやり直すまでのことだ。五時間のあいだに何度愛しあえるか、きみは驚くかもしれない」

「もう……七時半よ」ジェシーは思わず口にしていた。彼は五時間もずっと愛しあうつもりなの？

「きみを家まで送っていくのが少し遅くなるだけのことさ」ケインはジェシーを戸口から部屋のなかへ導き、明かりのスイッチを入れた。「ドーラは許してくれるさ」

広い寝室の床は磨かれた板張りで、高い天井、アンティークの家具、そしてシルバーグレーのサテンのキルトと共布の枕《まくら》が置かれた大きな真鍮《しんちゅう》製のベッドがあった。ベッドの両側にあるランプの台も真鍮製で、白いシェードは長いフリンジで飾られている。頭上のシャンデリアはクリスタルと真鍮。ベッドと向かいあった壁の大きな窓にはレースのカーテンがかかっている。反対側の壁にはもうひとつドアがあり、バスルームに続いているのが見えた。さしこむ明かりで見るかぎり、ここはほかの部屋に比べるとモダンで、白で統一されている。最近改装したのだろう。

美しい寝室だ。ベッドカバーの色だけが、ここは女性ではなく、男性の部屋だと主張している。

もちろん、女性がいた可能性はある。ケインと一緒に。別れた奥さんの可能性も。ケインが話題にしなかったそのほかの女性だって。

ジェシーには気に入らなかった。

「どうした？」ケインがすぐに気づいた。

「なんでもないわ」

「ジェシー、僕に嘘《うそ》をつかないでくれ。あのベッドを見て、何か不快なことを想像したんだろう。何を想像したんだ？」

「ほかの女性がここにいたなんて考えたくなかったんだと思うわ」

「さっき話したとおりだ。ナタリーと離婚して以来、ほかの女性なんていなかった」

「ナタリーはどうなの？」

「ナタリーがどうしたって？」

「最近、彼女とベッドをともにしたでしょう。わかってるのよ。先日、オフィスであなたたちが話しているのを聞いてしまったの。あの日、ランチタイムに本のお礼を言いに行ったら、彼女が妊娠した話をしていたわ。あなたの子供じゃないから心配しないようにって」

「どうしてもっと早く話してくれなかったんだ？」

「そんな話……したくなかったから」

「自分だけの胸にしまって、僕を恨んでいたのか。くそっ、話してくれればよかったのに」

「話したところで何か変わった？　彼女と愛しあったのは事実でしょう？」

ケインは苦痛に顔をゆがめた。「いいか、三カ月前に一度、離婚手続きが認められた夜、彼女の部屋で会っただけだ。一種のお祝いとして夕食を作ってくれると言ったんだ。何も恨んでないからと。二人ともワインをたっぷり飲んでいて、彼女が言いだしたんだ、これが最後だからって。僕が寂しいうえに酔っていなければ、あんなことは起こらなかったはずだ。あとでどれほど後悔したか、きみにはわからないだろう。彼女も同じだったと思う。二人とも泥酔していたし。きみに話さなかったのは、離婚してからもベッドをともにするような連中と一緒にされたくなかったからだ。悪かったよ、ジェシー。だまそうとしたわけじゃない。初めて会ったあの金曜の夜言ったように、手当たりしだいに女性をベッドに誘うような男じゃないという言葉を信じてほしかった。誓って言うが、きみだけだよ。今でもそうだ。今まで出会ったどんな女性よりきみが欲しい。きみも僕を求めているのは知っている。僕を遠ざける理由を探そうとしないでくれ」

彼が弁舌家なのはわかっていた。巧妙に人を説得できることも。けれど、彼の声や目に嘘偽りはなく、それがジェシーの心を打った。

「本当にほかには誰もいないのね？」

「誓うよ。嘘なら死んでもいい」

「死んでほしくないわ、ケイン」ジェシーは彼に歩み寄り、首にゆっくり腕をまわした。

ケインはうめき声をあげ、飢えたように彼女の唇をむさぼった。舌を激しくからませ、要求する。互いに体を押しつけ、これ以上ないほど密着させる。ジェシーは頭がくらくらしていたが、彼と素肌を触れあわせたかった。彼とひとつになりたかった。彼のすべてが欲しい。

彼女は手を後ろにまわしてスカートの結び目をほどこうとした。

「だめだ。僕にやらせてくれ……」

ケインはジェシーがかつて経験したことがない方法で服を脱がせはじめた。ゆっくりと官能的に。目は欲望に暗く陰り、手は震えている。最初にスカートを脱がせると、その下はTバックをつけただけの彼女が目の前に立っていた。

「腕を上げて」黒いトップの裾《すそ》を持って頭から脱がせる。

ほんの一瞬、目を覆われた状態になったジェシーは、暗闇《やみ》のなかで身を震わせた。両腕を上げ、顔を覆われながら、体はますます彼の視線にさらされていると思うと、欲望が高まる。セックスの奴隷になったところなど想像したこともなかったが、今は考えただけでぞくぞくする。ケインに買われ、彼の情熱の哀れなとりことなり、彼を喜ばせるための道具になるのだ。

自分の喜びのためではなく。

ふいに、自分の快楽は関係ないのだと思った。これはすべてケインのため。彼女のご主人さま、まもなく愛人となる人のためなのだ。

トップを脱がされてもジェシーは目を閉じたまま、自分を外から眺めている感覚を楽しんでいた。ケインが息をのむのが聞こえた。感嘆の声ならいいんだけれど。

ふたたび彼の手が優しく触れてきた。先にTバックを脱がされてジェシーは驚いた。片足ずつ持ちあげられたときにはよろめいた。ケインが立ちあがろうとする気配に体をこわばらせ、手でおなかを撫《な》でられて鋭く息を吸いこむ。その手がゆっくり下りていくのを感じて、さらにきつく目を閉じた。両手が腿のあいだにすべりこんだときには、喉から驚きの声がもれた。だが、彼はそこには触れず、ただ両脚をゆっくり開かせた。

「そう、それでいい」ケインの声が聞こえる。

彼の手が離れたかと思うと、今度はブラジャーの留め金をはずしにかかった。胸があらわになって彼の目にさらされても、恥ずかしいとは思わなかった。ひたすら愛撫されたいという強烈な願望があるだけだ。

なのに、ケインは触れようとしない。

「目を開けるんだ」

もちろん、ジェシーは命令に従った。どうして従わずにいられるだろう、ご主人さまの命令に。

だが、目を開けるとめまいに襲われた。

「危ない」ふらつく体を支えようと、ケインが両肩をつかんだ。

それからケインはヘアバンドに手を伸ばした。彼女の乱れた髪が肩を包む。

ジェシーはこれほどまでに興奮したことも、人の言いなりになったこともなかった。

「僕が服を脱ぐあいだ、そのままそこに立っていてくれ」

もちろん。それ以外に何ができるというの？　内心ジェシーはつぶやいた。

ケインはジェシーの服を脱がせたときよりもすばやく自分の服を脱いだ。何もかも脱ぐと、ジェシーが想像していたとおりの体があらわになった。筋骨隆々たる引きしまった体に体毛は多すぎず、胸は広くて、腹筋が割れている。

彼がベッドサイドのチェストから避妊具をとりだすのを、ジェシーは見ないようにしていた。

こらえきれず、乾いた唇に舌を這《は》わせる。

「それもだめだ」彼女の動作を誤解したケインがきつい口調で言った。「今はまだ」

なんでもあなたの好きなようにするわとジェシーは口にしそうになった。いつでもあなたの好きなときに。

ケインはハイヒールしか身につけていない彼女をただ眺め、何回か彼女の周囲をまわるだけだ。ジェシーが我慢できなくなって叫び声をあげそうになったとき、ようやく背後から近づいた。片方の肩から髪を払いのけ、首筋にキスをする。最初は優しく、そしてしだいにむさぼるように。

ふたたび彼のなかの野獣が急速に姿を現し、両手をジェシーの腕に走らせながら喉元に唇を寄せていた。彼女が背中を弓なりにすると両胸が持ちあがり、わざと誘うような格好になった。ケインも今度は彼女の願いを受け入れた。その胸を両手で包みこんで中央に寄せながら、すでに硬くなっている頂を親指で荒々しく愛撫する。

ジェシーはまるで稲光のような感覚に全身を貫かれ、燃えさかる炎を消す方法はもはやひとつしかないと思った。

彼の口が耳を覆い、熱い息が肌をかすめる。

「脚を閉じないで」

ケインは彼女の両手をとり、近くにあるベッドの支柱に届くまで体を前に倒させた。

「そこにつかまっているんだ」

的確なアドバイスだった。そうでもしなければ、ジェシーは倒れていたかもしれない。あるいは失神していたかも。

こんなふうに愛してくれた男性はいない。彼女はめまいがしそうだった。だが考える間もなく彼が身を沈め、両方のヒップを握りしめたままさらに深く押し入ってきた。

こんなにも退廃的な経験はしたことがない。でもこれほど欲望をそそられたのも初めてだ。狂おしいほどに燃える、すばらしくみだらな経験。さざ波のように全身に広がる快感をジェシーはなおも求めた。体を前後に揺らし、ケインのリズムに合わせて収縮を繰り返す。

「なんてことだ」ケインがうめき声をあげた。「そう、そうだよ、スウィートハート」

ケインはヒップから両手を離し、親指と人差し指でそれぞれの胸の頂をつまむと、下へ引っ張った。その感覚は肉体的快楽をはるかに超えていた。

ジェシーは歓喜の声をあげ、かつてないほどの絶頂感に体がこなごなに砕け散った気がした。数秒後、ケインが同じように頂点に達したとき、ジェシーは流砂にのみこまれるような錯覚に陥り、必死でベッドの支柱にしがみついた。手を離したら最後、床に倒れてしまいそうだ。

そして本当にくずおれていったのに、なぜか床に倒れはしなかった。ケインが抱きあげてくれたのだ。どうしてそんなことができるの？　彼はまだ私の後ろにいて、激しく脈打っている私の体の奥深くでしっかりと包まれているのに。でもやはり、彼はそこにいなかった。ジェシーは本当に彼の腕に抱かれ、彼のベッドに、居心地のいい彼のベッドに横たえられていた。彼に髪や背中や脚を愛撫され、意識の縁をさまよっていた疲労感がゆっくりとジェシーを包んだ。彼女は何かつぶやいた。〝ありがとう〟だったかもしれない。あくびをしたかと思うと、すべてが闇に包まれた。

12

バスルームから戻ってきたケインは、彼のベッドで眠っているジェシーを見てほほ笑んだ。セクシーな靴をまだはいている。彼はゆっくりと注意深く片足ずつ持ちあげて靴を脱がせた。彼女は微動だにしない。

読みが的中した。ジェシーはベッドのなかでは男性が主導権を握るのを好むタイプだ。少しばかり粗暴に扱われるのが好きなのだ。ケインにしてみれば、あんなふうに女性を扱ったのは初めてだった。別れた妻ナタリーは、最終的に自分が上位になるのを好んだ。そもそも、ケインが入念な愛撫《あいぶ》に励まなくてもすむのが楽だった。しかし時間がたち、互いの体に慣れ親しむにつれ、ナタリーに対する欲望は薄れていった。愛情も同様だ。ケインの子供を欲しがらないナタリーに憤りがつのり、最終的には彼女を喜ばせようという気が起こらなくなった。

ケインはこれまで出会ったどんな女性よりもジェシー・デントンを満足させたかった。もちろん、それは彼女に恋してしまったからだ。深く、心から。官能的な欲望だけではない。実際に経験したので、その違いはわかる。彼がジェシーを欲しいと思っているのは恋人としてだけでなく、妻として、また自分の子供の母親として欲しいのだ。知りあって一週間しかたっていないのに、人生においてこれほどの確信をいだこうとは。

彼女もケインに対して強烈な感情をいだいているようだ。だが、ライアルとかいう男との経験から慎重になっている。悲観的な考えが原因でケインの誠意を認めようとしないのだ。

あんなかたちでナタリーとの会話をジェシーに聞かれてしまったのは残念だ。平気で嘘《うそ》をつく男だと思われたに違いない。にもかかわらず、デートに応じてくれた。何年もデートしていなかったのに。エミリーの父親を除けば、ベッドをともにしたのはケインが初めてだと聞かされ、男としての自尊心をくすぐられた。彼女が誰とでもベッドをともにする女性ではないと知り、彼の愛情はますます深まった。尊敬の念もいだいた。ジェシー・デントンは立派な品性の持ち主だ。彼女の絶頂感の激しさを思い出し、ケインの背筋に震えが走った。

彼女が目を覚ますのが待ちどおしい。早くも体が高ぶっている。

どうして待つ必要があるんだ？　今でも彼のなかにひそむ太古からの本能が問いかけている。ジェシーにしたところで、ひと晩じゅう眠って過ごすのは本望ではないはずだ。彼女が欲しいのなら、起こして奪ってしまえ。

ケインはためらわなかった。その日の朝、開封したばかりの避妊具の箱を入れておいたベッドわきのチェストに駆け寄った。二十秒後にはまだ眠っている彼女の隣に体を伸ばし、その背中に指先を走らせていた。

喜びに体を震わせ、ジェシーは意識をとり戻した。それでも、自分がどこにいて先ほど何が起こったのか思い出すまで、しばらくかかった。

ああ、どうしよう。ジェシーは枕《まくら》に顔をうずめた。ありがたいことに、うつ伏せに寝ていたのだ。目が覚めたのを悟られる前に、気持ちを落ち着かせる時間をかせげる。

あるいは、まだ目覚めていないふりをしてこのまま寝そべっていることもできる。だが、敏感な部分に彼の手が伸びた瞬間、彼女は体を折り曲げるはめになった。

「やめて！」ジェシーはあえいだ。

ケインはほほ笑み、彼女の脚のあいだに大胆にも手をすべりこませた。「おかえり。戻ってきてくれてうれしいよ」指先で彼女をじらしながら言う。

ジェシーは頬を染め、腫《は》れあがった頂を軽く指先でかすめられただけで息をのんだ。「本当に悪い人ね」あえぐような声しか出ない。

ケインの笑みが広がった。「それはお世辞として聞いておこう。今度は上になりたいかい？」

ジェシーは呆然《ぼうぜん》と口を開けたままケインを見上げた。これほどずばりと言う男性とベッドをともにしたのは初めてだ。それに……それに……。

「いやかい？　いやならそれでもかまわない。次にしよう」そして自分に近いほうの彼女の胸の頂に顔を寄せた。と同時に、じらすような動きをしていた指が止まった。

喜びをもたらす二つの源のあいだで、ジェシーの意識は遠のきそうだった。胸の頂をケインになめられたり、口に含まれて吸われたり、そっと噛《か》まれたり。だが、彼女の呼吸が乱れているのは、体の奥深いところで起こっていることが原因なのだ。腹部がわななないている。

「私……もうだめ」我慢の限界だった。

ケインが顔を上げてほほ笑んだ。「それはよかった。ところで、本当に僕の上にならなくていいのかな？」

質問は単なる形式だったのだろう。気がつくとジェシーは引っ張られ、いつのまにかケインが下になっていた。

「体を沈めながらきみの手で導いてくれ」あるいは彼女がこういう方法を知らないのを察したかのように、ケインはやり方を教えた。

ジェシーは今まで自分の性生活がいかに退屈なもの

のだったか気づかされた。ベッドのなかのライアルは強引だが、自分本位だった。そのほかのボーイフレンドは、ただただ無知だった。キスされたり愛撫されたりといったことが好きでなければ、彼らとのセックスはいやでたまらなかっただろう。

ジェシーはケインの高まりを手にした。自分の手で彼を体内に導くと考えただけで興奮する。

突然、彼女は恥じらいを忘れた。

「おっと」ケインが言った。ジェシーの指に力がこもったのかもしれない。「優しく頼むよ」

ジェシーは頬を染めることもなかった。彼の高まりに意識を集中し、焦がれるように待ち受けている自分の体内へ導き入れる。ああ……想像していたとおりの快感。それ以上の説明は必要ない。だがジェシーが体を揺らしはじめると、ケインが両方のヒップをつかんだ。おそらく、彼女をあまり急がせないためだろう。体をもっと速く揺らしたい衝動はほとんど耐えがたいほどだった。絶頂感を味わいたい衝動は限界に達していた。

「そうよ！」最初の歓喜の波に襲われ、ジェシーは声をあげた。

ケインも絶頂に達したのだろう。彼女がうめき声をもらしているあいだ、解き放たれた瞬間に彼の喉からうなるような声がもれたのを、かすかに覚えている。ついにジェシーが彼の上に倒れこむと、ケインが優しく腕をまわしてくれた。今度はジェシーも眠らなかった。少しも疲れは感じない。ただこのうえなく幸せで穏やかな気持ちだった。これぞまさに至福のときだ。

やがてケインが体の位置を入れ替えてゆっくり離れると、ジェシーは抗議するように哀れっぽく訴えた。彼を体の内に感じているのはすばらしい快感だった。ケインがベッドから離れていくと、捨てられたような激しい痛みにも似た感覚にとらわれた。そして不安にもかられる。

　この思いを二度と味わうことなく、どうやって生きていけばいいの？　彼なしにどうやって生きていけるというの？

　その可能性を考えただけで、ジェシーはぞっとした。

　ケインはバスルームに入っていった。口笛を吹いているのが聞こえる。次にシャワーの栓をひねる音が聞こえたので、彼が体を洗っているところを想像していると、体から水滴をしたたらせたケインがいきなり戸口に現れた。

「さあ、こっちへおいで。リフレッシュしよう」

　ジェシーはそうしたかった。何にもまして。でも、それでは物欲しそうに思われないかしら？　冷静で意志を強く持たなくては。

「私が一緒にシャワーに入ったらどうなるか、わかっているわよね。もう一度は無理だわ。こんなにすぐは。それに、おなかもすいたし。もう少ししたら何か食べないと」

「きみがそんなことを言うとはね」ケインは目を輝かせ、いたずらっぽい表情を浮かべている。

　彼は本気だ。もっと困るのは、考えただけでジェシーは興奮したことだった。

「僕がそっちへ行って抱いてこないとだめなのか？あと五秒でベッドから出ないと、そうするぞ」

　一糸もまとわぬまま彼の腕に抱かれて運ばれるという考えに、ジェシーはぞくぞくした。

　彼女がそのまま動かずにいると、五秒後にはケインのたくましい腕に抱かれていた。

「忘れないうちに言っておくが」ケインは彼女をバスルームに連れていった。「きみは僕が今まで出会ったなかでいちばん美しく、セクシーで、愛すべき女性だ」

　彼の言葉はジェシーを驚かせた。のぼせあがってはだめよ。ケインのような男性はいつだって口が上手なんだから。

「きっときみは、僕がきみをセックスの対象としてしか考えていないと思っているんだろう。まあ、正直に言うなら」熱いシャワーの下に彼女を立たせ、ケインはつけ加えた。「今この瞬間は、セックスにいちばん興味があるのはたしかだ」

水がエロティシズムの象徴として使われる映画はたびたび見てきたが、ジェシーにはその理由が今わかった。裸で恋人と水しぶきの下に立っていると、抑圧された感情が解き放たれるような気がする。肌の上を水が流れ、あらわになったあらゆる曲線や隠れた部分を意識させられる。湯がジェシーの口のなかにはね、胸の頂を打ち、ヒップを流れ、秘められた部分を濡《ぬ》らして、腿の内側を伝い落ちる。

「だけど、今夜はきみも同じ気持ちだろう?」ケインは両手で彼女の顔を包み、大きく見開かれたジェシーの目をのぞきこんだ。「僕たちにはこれが必要なんだ。お互いにすべてを試そう。まず最初にこれをやってみないと、ほかのことは何も考えられなくなる。この一週間、きみのこういう姿をずっと想像していた。生まれたままの姿で僕を求めているきみの姿——ベッドのなかで、シャワーの下で、家じゅうどこの部屋でも。今夜は服を着ることは許さないよ、ジェシー。食事をしているときも。きみは僕のためにずっと裸でいるんだ。いつでも僕の好きなときにきみに触れ、きみが欲しくなったらいつでも僕のものにしたい。そうさせてくれるね、ジェシー。きみもそれを望んでいると言ってくれ」

「ええ」どこか遠くから答える自分の声がジェシーの耳に聞こえた。「そうよ……」

セックスだった。

「とても楽しかったわ。レストランで食事をしたの。バルモラルの海岸にあるレストラン。知っているでしょう？」

ありがたいことにドーラは知らないようだ。

ジェシーは最後にあそこを訪れたときの記憶の断片からメニューをでっちあげた。前夜、実際に彼女が堪能《たんのう》したもののことは考えまいとしながら。食事は大したものではなかった。冷凍食品を白ワインで流しこみ、デザートに何種類かのメロンを食べただけだ。信じられないのは、食事中も何も身につけないいままキッチンのひとつの椅子に一緒に腰かけ、彼に食べさせてもらったことだ。

今にして思えば、ゆうべ二人が体験したさまざまな愛のかたちは退廃的だった。でもあのときは、とにかく刺激的だった。

「食事をしてからどこへ行ったの？」ドーラがなおもしつこく訊いてくる。

13

「それで、ゆうべはどうだったの？」コーヒーを飲みながらドーラが尋ねた。「あなたが戻ってきたときは、とにかく眠かったものだから。ごめんなさい、あんな帰り方をして失礼かとは思ったんだけど」

失礼どころか、ジェシーにはかえって都合がよかった。家まで送るというケインの申し出を断り、一時ごろ、よろよろしながら帰宅したのだった。髪を振り乱し、顔に化粧の痕跡《こんせき》をとどめない姿はさぞ見苦しかったに違いない。その晩ずっとセックスをしていましたと言わんばかりだった。

それもただのセックスではない。激しいセックス。驚くばかりのセックス。かつて経験したことがない

もきく。

「彼の部屋にちょっと寄っただけよ」

「それから?」

「すてきな家だったわ。あなたの家みたいに」

「それから?」

「海を見渡せるすばらしい眺めで、アンティークがいっぱいだった。彼はよほどのお金持ちなのね」

「それから?」

「それからって?」

「彼とベッドをともにしたの?」

「ドーラ、そんな質問はやめて。エミリーに聞こえたら困るわ」

「この距離なら大丈夫よ」

二人は共同で使っている洗濯場の外にある小さなテーブルに着いていた。お気に入りのいちじくの木の隠れ家で楽しそうに遊んでいるエミリーからは、かなり離れている。

ジェシーはため息をついた。「答えはイエスよ」

「よかった。彼はとてもいい人よ。エミリーのことも好きみたいだし」

「彼が離婚したのは子供が欲しくなかったからなのよ」ジェシーは言わずにいられなかった。

「まさか! それはたしかなの?」

「ええ。自分で言ったもの」

「不思議ね。子供が嫌いな人のようには見えないけど。彼はとても忍耐強いし、親切だし」

「赤ん坊が嫌いなだけかもしれないわ。エミリーはもう赤ん坊じゃないから」

「まあね。それにしても残念だわ。彼こそ本命かと思ったのに」

「本命って?」

「あなたと結婚してエミリーの父親になってくれる人よ。エミリーはそれを強く望んでいるわ」

「父親が欲しいって? そんな話、初耳だわ。父親がいないせいであの子が経験しそこなったことなんて、ないはずよ」

「どうしてわかるの？　エミリーはとても思慮深い子よ。ほかの子の父親が保育所へ迎えに来るところを目の当たりにしているわけでしょう。ずっと前から父親が欲しいと思っていても、あなたを困らせたくなくて言えなかったのかもしれないわ。ママはもちろん愛しているけど、パパもいたらうれしいんじゃないかしら。だからこそよけい、ケインのことが気に入ったのよ。ゆうべ、あなたたちが結婚するかどうかって質問していたし」

ジェシーの恐れていたことがすでに現実になりつつあった。このままケインとつきあっていたら、エミリーはますます彼を慕うようになる。そしてある日、彼が煙のように消えたら、あの子が傷つくのは目に見えている。自分の痛みならまだ我慢できる。大人だから。でも、大人同士のつきあいは必ずしも結婚がゴールではないと、どうやって四歳の子供にわからせればいいの？　結婚に至らずに終わることが多いと。

「明日の日曜日、エミリーと私と三人で出かけたいって彼が言うんだけど、断ったほうがいいわね」

「どうして？」

「彼がエミリーを好きだと思わせておくのは、あの子にフェアじゃないもの。彼が欲しいのはエミリーじゃなくて、この私なのよ、ドーラ。私だけ」

「そんなことわからないでしょう。彼にきいてみたら？」

「だめよ。嘘《うそ》をつくに決まっているもの」

「あなたが悲観的なのは知っていたけど、ここまでとは思わなかった。言わせてもらえば、それは間違いだと思うわ。彼はいい人だからチャンスをあげるべきよ。あなた自身にもチャンスは必要だわ。エミリーにも。結論をあせってはだめ。ケインとの交際にもう少し時間をかけるべきよ。うまくいかないかもしれないけど、試してみなければわからないでしょう。人生には悲惨なこともあれば、すばらしいこともあるのよ。あなたとエミリーに出会うまで、私は孤独で落ちこんでいた。後悔や敵意でいっぱいの、とんでもなくいやな老婆になるところだった。あなたとエミリーが私の人生に光明をもたらしてくれたの。あなたはすばらしい女性よ、ジェシー・デントン。だけど、男性のこととなるとあまりにも手厳しすぎるわ。人生いろいろ経験してきたから言うけど、私だったらケインが立派な男性だというほうに賭《か》けるわね。あなたとエミリーに出会ったおかげで、子供を持つことに関しても考えが変わるかもしれない。人間、変われるものよ」

ジェシーには、子供の一件だけで離婚するような男性が変われるとは思えなかった。同時に、彼に対して厳しすぎるかもしれないとも思った。ゆうべは本当に温かく、思いやりを示してくれた。繊細で、料理も上手だし、マッサージの腕前はプロ並みだった。夫や父親としてはどうかわからないけれど、ボーイフレンドや恋人としては最高だ。

自分から彼と手を切るなんて正気とは思えない。ゆうべ経験したことを二度と味わえないと考えただけで心が乱れる。と同時に、二人のあいだにいくつか基本的な約束をしておく必要がある。家族ごっこはしないこと。夜はエミリーが寝るまで訪ねてこないこと。二人して出かけたからといって、彼女がケインの家に泊まるのを期待しないこと。

もっともな提案だ。

昼食後、エミリーが昼寝をしているあいだに電話をかけたところ、ケインは賛成しなかった。

「またばかげたことを言って。何もかもばかばかしい。僕はきみが本当に好きなんだ。いや、そうじゃない。愛しているんだ。それがわからないのか」

受話器を握りしめたまま、ジェシーははっと息をのんだ。

「ああ、わかっている。僕の言うことが信じられないんだろう。でも本気なんだ」

「ばかげたことを言っているのはあなたよ」ショックから立ち直るとジェシーは反論に出た。「あなたが好きなのは本当の私じゃないわ、ケイン・マーシャル。本当の私は、ゆうべのとおりの弱くてばかな女よ。なぜあそこまで好きなようにさせたのか、自分でもわからない。長いこと男性経験がなかったからとしか言いようがないわ。おまけに、私の隠された面を引っ張りだすにはどうすればいいか、あなたは承知していたようね」

「隠された面だって？　僕はきみの隠された面を引っ張りだそうとしたわけじゃない。きみの女性的な面だよ。男なんてみんな嘘つきだからと頼もしい母親役を演じているあいだ、保留にしている面のことだ。きみは男性に愛されるはずがないと思ったり、セックスの対象としかみなされていないと思ったりしている。かつて男性に傷つけられたことがあるのは知っているよ。だからといって、男がみんな悪者だというわけじゃない。きみは他人に誤解されたり、きみの倫理観を早合点されたりするのが嫌いなようだが、僕の倫理観に関して自分が早合点するのは、なんとも思わないんだな」

ジェシーはたじろいだ。彼の言うとおりだ。彼の言葉が正論なのはわかっている。

「ジェシー、きみはすばらしい女性だ。でも、喧嘩《けんか》腰のその態度は改めるべきだ。僕はきみと人生をともにしたい。エミリーとも。信じてくれ。心からそう願っていることを納得させるのに、ほかにどう言えばいいんだ？　もしも僕を愛するようにはならないと思っているのなら、時間の無駄だ。ゆうべのことは、きみが単に性的な欲求不満を解消したにすぎないのなら、これ以上話しても無駄だな。ただ、これだけは言わせてくれ。ゆうべは僕の人生で最高の夜だった。きみは僕が女性として恋人として求めるすべてを備えているよ、ジェシー・デントン」

「私……私にとってもゆうべは途方もなくすばらしい夜だったわ。ばかなことを言ってごめんなさい、ケイン。私って本当にいやな女ね」

ケインは笑った。「ある意味で、きみのそういうところが好きなんだ。だけど、ゆうべのきみも気に入ったよ。どちらもきみなんだよ、ジェシー。僕はそのどちらも愛している」

「そんなに何度も愛しているって言わないで」

「どうして？」

「不安になるから」

「ああ、わかっている、スウィートハート。でも、慣れてもらうしかないな。愛しているよ、僕はきみから離れるつもりはない」

ジェシーを安心させようとする彼の言葉は大きなうねりとなり、昔からいだいてきた不安をいくらか押し流してくれた気がした。エミリーがいる今となっては、どんな男性からも愛されず、愛の営みの対象としては見てもらえないという不安。ほかの男性の子供を受け入れてくれる男性などいないと、いやというほど母親にたたきこまれてきたのだ。

それにしても、ケインは結婚の話をしているのかしら？　ききたくはない。まだ早すぎるもの。子供の問題は？　ドーラの言うことにも一理ある。彼が本当に私を愛しているなら、子供が欲しいと思ってくれるかもしれない。だめな場合でも、すでにエミリーがいる。ケインもエミリーのことは本当に好きなようだ。

「きみが僕をどう思っているか教えてくれるとうれしいんだが。励ましてくれたら助かるよ」

「あなたが何かを欲しいと思ったら、励ましなんて必要ないでしょう、ケイン・マーシャル」

「これほど何かを手に入れるのが大変だったことはないよ」

「ゆうべの私を見ておきながら、どうしてそんなことが言えるの？　あなたの言いなりだったわ」

「それはベッドの上だけだ。毎日の生活のなかでは、きみはとても扱いにくい女性だよ。ところで、今日は行っても許されるのかな？」

「だめよ」

「きくまでもなかったな。明日はどう？　予定どおり、きみとエミリーと三人で出かけないか」

「いいわ。でもセックス抜きよ」

「期待はしていなかったよ。そもそも、くたくただしね」

「それは今日だけでしょう。明日には元気になっているわよ」

「ああ。月曜日にはもっと元気になっているよ」

「月曜日には仕事があるわ」

「だけど、カレンはランチタイムに必ず出かけるし、僕ひとりだけのあのオフィスがある」

ジェシーは頬を染めた。「まさか、本気でそんなことを考えているわけじゃないでしょうね？」

「期待するのは僕の自由だろう」

「デートをするのは金曜日の夜って決めたでしょう。それまで待ってもらうしかないわ」

「それじゃ、金曜日の夜は絶対だね？　言い逃れはなしだぞ」

「言い逃れはしないわ」

「来週の金曜の夜には、オフィスのクリスマス・パーティがある」面白がるような口調でケインが言った。「ボスの代理として出席しないわけにはいかない。新入社員のきみも出席するのを楽しみにしているよ。セクシーなパーティドレスで」

「なんて人なの！　だましたわね」

「忘れるほうが悪いんだ」

「オフィスで愛しあうのは許されないわよ」

「約束したじゃないか。きみは約束を守ると言ったはずだ」

「まるで感情に訴えた脅迫だわ」

「ときどき姿を消したところで誰も気づきやしないさ。僕のオフィスははずれにあるから。それに、ドアに鍵《かぎ》をかけられる」

「それじゃリラックスできないわ」ジェシーは抗議した。「みんながどう思うかも気になるし」

「みんながどう思おうと、かまうものか。クリスマスが終わったら僕はあそこのボスじゃなくなる。誰もなんとも思わないさ」

「私を採用したのは、あなたが肉体的に惹《ひ》かれたからだと思われるわ」

「うーん。それは事実かもしれない」

「違うわ！　わかっているくせに」

「からかっただけだよ。まあ、目立たないようにしよう。僕を愛していると言ってくれ、ジェシー」

「だめよ」

「愛しているんだろう？」

「わかっているのは、あなたがとても傲慢《ごうまん》な男性だということよ。それに自信過剰だわ。少し身のほどを教えてあげなくちゃ」

「そしてきみはもっと愛される必要があるな」

「最近はそういう言い方をするの？」

「もっとあからさまな言い方をしてほしいのか？」

「いいえ」

「よかった。僕が言っているのはセックスのことだけじゃないんだ。もっと広い意味での愛だよ。きみには愛する男性が与えられるすべてのものが必要だ。思いやりを示してくれる人。保護してくれる人。支えてくれる人。安心させてくれる人。何事かあったときに助けてくれる人。相談相手になって、信頼できる人が」

それが本当ならどんなにすばらしいだろう。でも、それは単なる夢、欲望で頭が変になった人の約束にすぎない。あるいは、本当に恋に落ちた男性の申し出かしら？

「きみに必要なのは」最後にケインは言った。「この僕だ」

「ええ、たしかにそうよ。あなたは私の欲望をとんでもなくよみがえらせてしまったもの。でも、それに対処するのはお互いに金曜日まで待たなくては」

「きみに必要なのは、僕にお尻をたたかれることだよ」

「まあ。それは約束なの、それとも脅し？」

「ふざけたことを言うんだな。本当は僕が怖いくせに。今度の金曜の夜には絶対に僕を愛していると言わせてみせる。あのオフィスで。きみのむきだしのお尻をたたいてでも言わせてみせる。約束した！」

ジェシーは絶句した。彼が言った情景が目に浮かび、鼓動が激しくなる。これが愛であるはずがない。単なる欲望だわ。ゆうべは彼に完全に堕落させられてしまった。

「それは愛じゃないわ」

「じゃあ、なんだ？」

「拷問よ」

「それもそうだ。きみが降参するまでね。僕はきみに対する自分の気持ちに身をまかせた。いつになったら、きみもそうしてくれるんだ？　いや、それには答えないでくれ。辛抱強く待つよ。僕はきみを手放すつもりはないということだけは忘れないでくれ、ジェシー・デントン。きみは僕のものだ。そのことに慣れるんだな」

14

月曜日の朝十時、ハリーのデスクに向かったケインは、ジェシーとの関係が順調に進んでいることに満足していた。きのうは、激しく情熱的な愛を交わさなくても互いに楽しむことができると証明してみせた。エミリーのいい父親になれる素質があることも示したつもりだ。

土曜日にはチャイルドシートを買った。日曜日に車でシドニー郊外へ出かけるときのために。一時間ほどインターネットで調べた結果、子供向けの乗馬施設のほかに娯楽施設がある場所を探してあったのだ。

エミリーは大いに楽しんだようだが、六時に帰宅したころにはかなり疲れていて、機嫌も少し悪かった。今度は反対されなかった持ち帰りのピザをエミリーがほとんど食べなかったので、いつもの娘らしくないと言ってジェシーは心配した。

ケインはエミリーの熱を測るべきだと主張した。最近、脳膜炎にかかった子供の話を聞いたばかりなので心配したが、エミリーは平熱だった。疲れすぎたのだろう。盛りだくさんの一日だったから。入浴させたあと、ケインが本を読んで聞かせているうちに、エミリーは眠ってしまった。

その後、家にいることは許されたが、ケインは愛しあいたいというそぶりを見せなかった。テレビで日曜の夜の映画を一緒に見て、コマーシャルのあいだは談笑した。本や映画、音楽について。ジェシーが広範囲にわたるセンスと知識を持ちあわせているのを知っても、ケインは驚かなかった。頭のいい女性だ。それは初めて彼女の瞳をのぞきこんだときからわかっていた。理知的な目だ。

愛しあいたくてたまらなかったが、ケインはおやすみのキスだけで我慢した。実際に誘惑したとしても、ジェシーは反対しなかったかもしれないが、危険を冒したくなかったのだ。彼女はなぜかいつも最悪の事態を想定したがる傾向がある。

それにしても、金曜日まで高潔な態度でいるのは大変だ。パーティが終わるまで待つつもりはない。この一週間がどんなに長く感じられることになるか、考えただけでケインは身震いした。

そのとき電話が鳴ったので、急いで受話器に手を伸ばした。

「ケイン・マーシャルです」

「ケイン、ちょっと困ったことになったの」

彼は身を乗りだした。ジェシーからだ。心配そうな声をしている。

「何があったんだ？　オフィスに来ているんじゃなかったのか？」

「来ているわ。保育所から電話があって、エミリーが結膜炎になったんですって。どうも金曜日にほかの子がかかっていたみたい。ともかく、人に感染するといけないから迎えに来てほしいと言われたの」

「わかった、ジェシー。行っておいで。大丈夫。ミッシェルには僕から話しておく」

「それが問題なのよ。ミッシェルは今出かけているの。今朝は産科で診察してもらう予約をとっていて、彼女が戻ってくるまでに、この雑誌のレイアウトをまかされたのよ。彼女を失望させたくないわ、ケイン。ドーラに電話したんだけど、彼女も外出しているみたいで。エミリーを保育所にいさせることもできるけど、ひとりで別の部屋に入れられてしまうわ。ある種の隔離よ。以前、私がレストランで働いていたときにも似たようなことがあって、あの子、すっかり怯《おび》えてしまったの。罰を受けているんだと思ったらしくて。私……」

「僕が迎えに行くよ、ジェシー。先方に電話して僕が誰か、きみの許可を得てエミリーを迎えに行くことを説明しておいてくれ。医者には僕が連れていく。目薬をもらってくるよ」

「いいの、ケイン？」

ジェシーの驚いたような声に、ケインはあっけにとられた。「もちろん。喜んで行ってくるよ。かわいそうなエミリー。目がひりひりするのはつらいだろう。かかりつけの医者はいるのかい？」

「とくにいないわ。いつも、二十四時間診療している近所のクリニックへ行くの。そこで当直の医師に診てもらってるわ」

いずれ僕が二人の面倒を見るようになったら、その問題も解決しよう、とケインは決意した。いつか必ず実現してみせる。今日のところはそのクリニックでまにあわせるしかない。

「わかった。保険証をもらいに今そっちへ行く。クリニックの住所をメモしてくれたら、すぐに出かけるよ」

ケインがジェシーのデスクに着くまで三十秒ほどだったろうか。涙を流している彼女を見て、ケインは驚愕《きょうがく》した。

「ジェシー、ダーリン。どうしたんだ？」ケインは椅子の横に身をかがめながら尋ねた。「なぜ泣いているんだい？」

言葉にならないようで、ジェシーは両手で顔を覆った。

「なんとか言ってくれ。どうした？」ケインは彼女の両手をとり、口元に近づけた。

「あなたのような人には会ったことがないわ。夢じゃないかしら」

安堵《あんど》感に包まれると同時にケインは自尊心をくすぐられた。彼女は悲しんでいるわけではなかった。

涙で感謝の気持ちを表していたのだ。

だが、男性が彼女や娘に親切にするのが信じられないとは、それこそ悲しい。

「夢じゃないさ」ケインは優しくほほ笑んだ。「さあ、ばかなことを言ってないで、メモを書いたら仕事に戻ってくれ。僕が性的魅力だけできみを採用したと思われたくないんだろう？」

涙で濡《ぬ》れた顔に浮かんだ笑みを見て、ケインはうれしくなった。ほほ笑むと、ジェシーはなんて美しいんだ。

「そんなことになったら困るわね」ジェシーは指で涙をぬぐった。

「そのとおり」

「これが保険証とクリニックの住所よ。医者へ行ったあとはエミリーをどうするつもり？　具合が悪いとは言ってなかったけど、家へ帰ったほうがいいかもしれないわ。もし一緒にいてくれるなら、鍵《かぎ》を渡しておきましょうか。冷蔵庫と戸棚に食料はたっぷりあるわ。昼食後はいつも昼寝をすることになっているの。あの子が飽きたり機嫌が悪くなったりしたら、ビデオを見せて。テレビの下の棚にたくさん入っているから」

「楽しそうだな。帰ったら電話するよ。そしてきみが戻るまで一緒にいる」

「なんて言ったらいいのかしら、ケイン」ジェシーはバッグから鍵をとりだした。「本当に大丈夫？　つまりその……ひとりで子供の世話をしたことなんてないでしょう」

「実はこれでも献身的なおじさんなんだよ。きみを訪ねることができなかった土曜日の夜、何をしていたと思う？　カーティスが奥さんと二人で出かけられるよう、子供たちの面倒を見ていたんだ。あの子たちの母親がなぜ文句を言うのか、理解できないね。だって、本当にお利口さんにしていたんだから。もっとも、テレビの前のソファで眠ってしまうまで、キャンディやファーストフード攻めにしたんだけどね。毎回それでうまくいくんだ」

ケインはにっこり笑ってみせた。

「心配いらないよ。エミリーの世話くらいわけないから。ファーストフードやキャンディも食べさせない。あのデスクに向かって仕事をしているふりをするより、いい気分転換になりそうだ。クリスマスが近づくにつれて仕事もなくなる。今週の僕の仕事といえば、クリスマス・パーティ用にどんなアルコールを買うかぐらいのものだ。わくわくするよ」

彼は鍵をポケットに入れ、保険証と住所を書いた紙をつかんだ。

「あとで電話するから、心配しないで」

「本当に感謝しているわ」

最後にもう一度ほほ笑んで、ケインはきびすを返した。

立ち去りながら彼は思った。愛する女性の役に立てるのはなんて幸せなことなんだ。

それからの数時間、ジェシーは必死で仕事をこなし、自分の目から見て雑誌のレイアウトが完璧《かんぺき》に仕上がるまでデスクを離れなかった。

仕上げてまもなくミッシェルが戻ってきた。その数分前にケインから電話があり、結膜炎は大したことがなかったので帰宅したと告げられた。すでに目薬もさし、トーストにミルク、バナナも一緒に食べたところらしい。これから『ライオン・キング』のビデオを見るという。

娘の心配をする必要がなくなったので、ジェシーは自分の仕事に対するミッシェルの反応に集中できた。彼女は顔をしかめている。ジェシーの不安はつのった。自分で思っていたほどいい出来ではなかったのかもしれない。

「こういう方法があるとは思いもよらなかった」コンピュータのスクリーンを眺めて首を振りつつ、ようやくミッシェルがもらした。「でも、気に入ったわ！　創造力が豊かね、ジェシー。ケインは貴重な人材を見つけたわ。あなたが加わったのをハリーはきっと喜ぶわよ」

ジェシーはほっと安堵のため息をついた。「ありがとう。でも……もう帰っていいかしら？　まだ二時だけど、娘が結膜炎になって、すぐ迎えに来てほしいと保育所から電話があったの。でも、レイアウトを仕上げてからじゃなければ帰れないと思ったものだから」

「それでこそプロよ、ジェシー。気持ちはよくわかるわ。子供を持つと、そういうことはしょっちゅうなんだから。もちろん、帰ってちょうだい。お子さん、大丈夫だといいわね」

ジェシーはケインに助けてもらったことは話したくなかった。それは個人的な問題だ。

「大丈夫だと思うわ」ジェシーは急いで帰り支度をした。「ありがとう、ミッシェル。昼食時間もずっと仕事をしていたから、あと一時間半、家で仕事をするわ」

「冗談でしょう。あなたの前任者が一週間かかってもできない仕事を一日足らずで仕上げたのよ！」

ジェシーは笑ってオフィスをあとにした。

乗った電車は満員で、冷房もあまり効果がないようだった。ラッシュアワーでもないのに、どこも人でいっぱいだ。クリスマスの買い物をしている人が多いのだろう。

そして、ケインには何もプレゼントを買っていないことに突然気づいた。いきなり彼が現れたせいで、クリスマス間近なのをすっかり忘れていたのだ。パーへ行く前の晩、ドーラに話したことを考えれば、皮肉な話だ。クリスマスには男性が欲しい、楽しい思いをさせてくれる魅力的な人が、と言ったんじゃなかった？

ケインはそのとおりのことをしてくれた。それ以上のことを。

彼に愛されているのが今でも信じられないくらいだ。

ケインは愛しているとたしかに言ったし、それを疑う理由もない。正直なところ、これ以上彼を疑いたくはない。自分でも悲観的な考え方にいやけがさしてきたし、彼と恋に落ちないように歯止めをかけるのにも疲れてきた。ドーラの言うとおりだ。人生にはつらいこともあるけれど、すばらしいこともある。

自分の子供を欲しがらなくても、ケインはすばらしい男性だ。その理由が何かは知らないが、いずれきいてみよう。近いうちに。

それでもなお、子供は欲しくないと彼が主張したら、二人の関係はこの先どうなるの？　女性は愛する男性の子供を欲しがるものだ。本当に彼を愛しているんでしょう？　それこそ、さっきオフィスで泣いていた理由のひとつだった。これ以上彼を愛さずにはいられないとわかっているから。

ケインを愛している、彼と一緒にいるためならどんな譲歩でもしよう。

だけど、先走っているんじゃない、ジェシー・デントン？

彼はこれからもただのボーイフレンドでいたいのかもしれない。一緒に暮らしたり、結婚したりすることは考えていないかもしれない。現状以上のものは望んでいないのかも。

その考えにジェシーはうろたえた。それだけでは我慢できない。金曜日の夜の逢瀬《おうせ》。そしてたまの週末。とうてい我慢できない。

でも、我慢するしかないのだ。結婚を迫ることはできないし、ましてや子供が欲しいなんて言えない。彼に無理強いしてはだめ。

もっとも……。

だめよ、そんなやり方は間違っている。子供ができたと言って彼を罠《わな》にはめるようなことはしたくない。だいいち、うまくいくわけがないもの。『仕事で成功する方法』の著者が感情に訴えた脅迫に屈したりするものですか。よかれ悪《あ》しかれ、彼は確固たる信念の持ち主だ。

電車がローズビルに着くと、ジェシーは足早に家に向かいながら、なんでも疑ってかかるのはやめて、その日その日を大事に生きようと自分に言い聞かせた。目下、すべてはうまく運んでいる。ケインがいてくれて幸せだ。エミリーにとってもそうだろう。これ以上のことを望んで今の幸せを危険にさらしたくはない。

「しいっ」裏口から勢いよく入っていったジェシーを、ケインがたしなめた。「エミリーが寝ているんだ。ビデオを見ているうちに眠ってしまったんで、ベッドに寝かせた。あれからまだ十分しかたっていない。どうした、暑そうだね」

「暑いわ。外はむしむししてるの」屋根に断熱材を二重に使用しているのと、高い天井のファンのおかげで、離れは涼しかった。ソファの背に腕をあずけ、長い脚を前に伸ばしているケインは落ち着き払って見える。このうえなく冷静でセクシーだ。

急にますます暑く思えてきた。

「シャワーを浴びてくるわ」ジェシーはあわてて言った。「エミリーはいったん眠ったら、めったなことでは目を覚まさないから、忍び足で動きまわる必要はないの。すぐに戻るわ」

ジェシーは急いでシャワーを浴び、ピンクと白のチェックのシンプルなサンドレスに着替えた。自分がセクシーに見えるとは気づいてもいなかった。

戻ってきたジェシーを見て、ケインは歯を食いしばった。さっさと帰ったほうが賢明だ。さもなければ、金曜日まで彼女には触れないという決意があっけなく崩れてしまいそうだ。立ちあがりながら、椅子の背にかけてあったジャケットに手を伸ばす。そんなケインを見たジェシーの顔には、帰ってほしくないという表情が見てとれた。

二人はしばし見つめあった。それからジェシーが口にした言葉は、ケインを仰天させた。

「もう一度言ってくれないか」彼は自分の耳を疑った。

「愛しているわ」ジェシーは繰り返した。頬は紅潮し、目は輝いている。

将来にわたってこの瞬間を決して忘れることはないだろうとケインは思った。さまざまな感情が入り乱れる。疑惑？　ショック？　うれしさ？　歓喜？　満足感？　欲望？

最終的に欲望が勝った。それとも、ジェシーに対する彼の愛だろうか？　こんなにも感動的な単純明快さで愛を打ち明けてくれた女性を抱かずにいられようか？

今度はジェシーもためらわず、その表情にも不安そうな影はみじんもない。

だが、すぐにはキスしなかった。ケインは彼女の美しい目をのぞきこみ、その奥にある誠意を心ゆくまで味わった。

「いつそんな決心をしたんだ？」

「帰りの電車のなかで」

「心を決めるにはもってこいの場所だ」

「こんなふうにしているときよりずっといいわ。あなたの腕に抱かれていると、何も考えられないんですもの」

「それも耳に心地よい言葉だ」

彼の首にまわしたジェシーの腕に力がこもり、互いの体をさらに押しつけあう結果となった。「キスしてくれないの？」

「そのうちね」

「あなたってサディスティックな面があるのね、ケイン・マーシャル」

「聖人だと言った覚えはないよ」

だからといって、マゾヒストというわけでもない。彼の唇がほとんど触れそうなほど近づいたとき、ドアをノックする音がした。

ケインが顔を上げ、二人は一緒にうめき声をもらした。

ドーラだった。すっかり興奮している。

「表にケインの車があったけど、どうかしたの？」

ジェシーは手短にエミリーの件を説明した。ドーラは安心したようだ。

「深刻なことじゃなくてよかったわ。それにケインに助けてもらえて。留守にしていて悪かったわね。でも、何があったと思う？」

ケインとジェシーはおかしさといらだちの入りまじった視線を交わした。

「コーヒーをいれるから」ジェシーが言う。「何があったか聞かせて」

ため息がもれそうになるのを我慢して、ケインはドーラのために椅子を引き、自分も座った。

その日の朝、思いがけずドーラは弟から電話を受けとった。母親の晩年に少しも助けてくれなかった弟だ。もう二年くらい、ドーラは彼と口をきいていなかった。

「これがクリスマスじゃなかったら、今日も話なんかしなかったんだけど。でも、話してよかったわ」

母親が病気のとき、仕事と家庭の問題で手いっぱいで、充分なことができなかったとドーラの弟は認めたのだった。最近、彼自身も健康上の問題があり、ドーラに償いたいと言いだしたのだ。結局、彼がドーラを昼食に連れだし、クリスマスから新年にかけて彼の家に招待したという。今は仕事も順調で、シドニーの南にあるウロンゴンの港町で何軒かカフェを経営しているらしい。大きな別荘を持っていて、親戚《しんせき》も大勢集まることになっているからと。

それを聞いてジェシーの表情が曇ったのを、ケインは見逃さなかった。おそらく彼女とエミリーはいつもドーラと一緒にクリスマスを過ごしていたのだろう。ジェシーにはほかに誰もいない。これこそ彼が待っていたチャンスの到来だ。

「それはよかったね、ドーラ。これでジェシーもひと安心だろう。実は僕の家族と一緒にクリスマスを過ごさないかと彼女とエミリーを誘ったんだが、あなたがひとりになってしまうのをひどく心配していたんだ。もちろん、僕たちと一緒に来てもらってもよかったんだが、このほうがみんなにとっていい結果になったわけだ」

その話にドーラはほっとしたようだったが、ジェシーは何も言わなかった。ドーラがクリスマスの買い物に出かけたあと、ケインはいくらか冷淡なジェシーと向かいあった。

「なんて嘘《うそ》が上手なのかしら」

ケインは、ジェシーのなかでまたしても不安が頭をもたげているのを感じた。

「嘘も方便だよ。とくにその一部が真実なら、なおさら。僕と一緒にクリスマスを過ごさないかと誘おうと思っていたんだ」

「あなたの家族も一緒に？」

「ああ」

「それで、私のことをなんて紹介するつもり？」

「きみのほうこそなんと紹介してほしい？」

「わからないわ。教えて」

「婚約者というのはどう？」

ジェシーにじっと見つめられ、ケインはため息をついた。

「ちょっと急ぎすぎたようだな。だったら、新しいガールフレンドは？」

ジェシーは困惑した表情で首を振った。「本当に私に結婚を申しこんだつもりなの？　冗談じゃないのね？」

「冗談で言えることじゃないよ」

「でも私たち、知りあってまだ十日しかたっていないのよ！」

「僕はきみを愛していて、きみも僕を愛しているのはわかっている」

「でも、お互いのことは何も知らないわ」

「その点に関しては意見が合わないようだな。僕はきみをよく知っている。ナタリーと結婚したときの彼女よりずっとよく知っている。僕たちは何カ月もデートしていたのに。問題はきみが僕のことを知らないと思っている点だ。それもしかたがないかもしれない。きみは最初から僕を誤解していたから。あの悪いイメージはとっくにぬぐえたと思っていたんだけど」

「誤解よ。あなたは……すばらしい男性だと思うわ。それは信じて。だけど、結婚？　結婚は大きな決断よ、ケイン。だいいち、とても大事な問題に関して意見が合わないわ。最初の奥さんとも意見が合わなかったんでしょう」

「なんだって？　きみまで子供が欲しくないと言うのか？　ジェシー、僕は……」ケインには信じられなかった。僕の愛する女性が。ジェシーが子供を欲しがっていないとは。僕が愛してやまない女性が。こんな残酷な話があるだろうか？

ジェシーは目をしばたたいた。「聞き間違いじゃないかしら？　別れた奥さんのほうが子供を欲しがらなかったの？　でもそんなはずはない。あの日、彼女はケインのオフィスで妊娠したことを告げ、子供は産むと言っていた。もちろん、最初は子供なんて欲しくないと思っていた女性が、いったん妊娠すると気が変わることはある。だけど、もしもそれが本当なら……。

「ちょっと待って。あなたがナタリーと離婚した本当の理由はなんだったの？」

「いちばん大きな理由は、彼女が子供を欲しがらなかったことだ。それだけじゃなく、彼女を愛していないことに気づいたからだと思う」

「まあ！」ジェシーは思わず息をのんだ。「子供が欲しくないのはあなたのほうだと思っていたわ！」

「僕が？　子供は大好きだよ。どうしてそんなふうに思ったんだ？　離婚した理由ははっきり説明したつもりだったのに」

「子供を産むことについて奥さんと意見が合わなかったと、あなたが言ったから、欲しくないのはあなたのほうだと思ってしまったのよ」ジェシーは後悔すると同時に、ひそかに喜んでもいた。「本当にごめんなさい、ケイン。男性に対する私の偏見のせいだわ」

ジェシーがもっと子供を欲しがっているのを知って、ケインはうなずいた。「無理もない」

「それじゃ、本当に子供が欲しいの？」

「できることなら大勢欲しいね。多ければ多いほどいい」

ジェシーは顔を輝かせた。「私もよ」

「きみのキャリアはどうする？」

「キャリアより子供のほうが大事だわ。できれば両立させたいけど」

ケインのうれしさは先ほどまでの絶望感をはるかにしのぐものだった。「おいで。とんでもないことを考えていた埋め合わせをしてもらうよ」

ジェシーは彼の腕に飛びこんでいった。キスをして五秒後にまたしても邪魔が入った。

「ママ……」

二人が体を離すと、エミリーが寝室の戸口で目をこすっていた。

「ダーリン、気分はよくなった？」

「喉が渇いた。それと目がひりひりするの」

ジェシーは小さくため息をもらした。「今お水をあげるわ。ケイン、目薬はどこ？」

「コーヒーテーブルの上だ。僕がとってくる」

一瞬、二人の視線がぶつかった。ケインはジェシーに見つめられているのに気づいた。彼がいらだっていないかと探っているようだ。

ケインはほほ笑み、急いでエミリーのそばに行って抱きあげた。「よく眠れたかい、プリンセス？」

エミリーは首をかしげた。「今、ママにキスしてなかった？」

ジェシーの息が止まった。

「してたよ。とてもよかった。ママにキスしてほしくないのかい？」

「ううん。あたしにもキスしてくれる？」

ケインは笑って額に軽くキスをした。「これでいいかな。さあ、目薬をさそうね」

「どうしてもしないとだめ？」エミリーが泣きべそをかいた。

「そうだよ。どうしてもしなきゃだめなんだ」ケインは譲らない。

ジェシーは幸せのため息をついた。今日の出来事のなかで、もっともすばらしかったのは、エミリーに目薬をさしてくれる人が自分以外にもいることだった。

15

次の金曜日、ランチタイムには全員が仕事をやめ、男性スタッフの手によってオフィスがパーティ会場に姿を変えた。中央にある仕切りのいくつかはダンスフロアを確保するために解体され、デスクが片づけられて、飾りやディスコ風の照明器具がとりつけられた。

毎年DJを務めるのを楽しみにしているピーターは、口笛で《ジングルベル》を吹きながら最新のハイファイ装置を設置するのに余念がない。ケインとカレンは臨時のバーにたっぷりアルコール類を用意し、マーガレットはジェシーとミッシェルに手伝ってもらってデスクをいくつか寄せた上にビュッフェスタイルで食べ物を並べている。近所のケータリング業者が冷菜やおいしそうなケーキ、スナックを山のように運びこんだのだ。

少人数のスタッフにしては量が多すぎはしないかとジェシーがミッシェルにきくと、ここのパーティは評判がいいので同じビルのほかのオフィスからも人が来るし、クライアントも大勢集まるのだと数えられた。

「それに、スタッフのパートナーもたいてい来るのよ。タイラーは仕事中毒《ワーカホリック》だから、きっと遅れてくるでしょうけど、いずれ姿を現すはずよ」

タイラーというのはミッシェルの夫らしい。

「パートナーといえば」ミッシェルはちらっとケインに視線を走らせた。「あなたのお相手、今夜はばかにエネルギッシュじゃない？　いったい彼に何をしたの？」

ミッシェルが暗に意味しているようなことは何も

していない。今週はほとんど毎日一緒に夜を過ごしたが、愛しあってはいなかった。ケインはおやすみのキスにとどめるだけで満足しているようだ。今夜のパーティでも、どんなかたちにせよ、それ以上のことは強要しないとさえ約束した。

「彼って、黒を着ると本当にすてきよね？」愛する男性を見るたび、みぞおちのあたりにいつも感じるうずきを意識しながら、ジェシーは言った。この数日、彼女自身も自分の欲望をコントロールするのに苦労していたが、ケインの愛が単に性的なものではないとわかってうれしかった。「私たちが婚約したこと、ほかの人には言ってないわよね？」ミッシェルに知られるのは気にならなかった。二人は急速に親しくなり、ジェシーはどうしても誰かに打ち明けずにはいられなかったのだ。

それにしても、ケインがまだ婚約指輪を買っていないのは幸いだった。ジェシーが職場で指輪をはめないからと彼がいらだつような事態も起こらないから。彼女は〈ワイルド・アイディアズ〉で働いている人たちがどう思うか心配だった。

「ええ、誰にも言ってないわ。でも、あなたたちがあんなふうに見つめあっていたら、誰でも何かあると感づくわよ」

ちょうどそのときケインが振り向き、二人の視線が合った。その愛情にあふれた笑顔を目にして、ジェシーはミッシェルの言葉の意味がわかるような気がした。

「さあ、みんな！」ケインがその場の全員に呼びかけた。「パーティの準備ができた。女性はドレスアップする時間だ。男性ももっとカラフルなものを用意してきたのなら、着替えてくれ」彼は腕時計に目をやった。「三時にドアを開放したら、準備完了だ。ところで、コンピュータのスイッチはみんな切ってあるかな。パスワードがわからないようにして、重要なファイルはしっかりロックしておいてくれ。ハリーが帰ってきたときに、きみたちの〝すばらしいアイディア〟が全部盗まれていたとか破壊されていた、なんてことがないように頼むよ。いいかな?」

「了解、ボス!」全員が応じた。

このすばらしくハンサムで分別もあり、自分を愛してくれる男性が、ジェシーは誇らしかった。

二十分後、化粧室のドアにかかった全身が映る鏡の前で、ジェシーは自分の姿を不安そうに点検していた。新しいカクテルドレスはとてもセクシーに見える。ターコイズブルーの渦が描かれたホルターネックの黒いシルク地で、ウエストはきゅっと締まり、スカートは衣《きぬ》ずれの音がする。

靴も新品だった。ターコイズブルーで流行のスリッポンタイプは、ジェシーの細い足首と真っ赤なペディキュアを際立たせている。今日ばかりは髪を肩にたらした。いつもオフィスにいるときより入念に化粧をして、ブラジャーははずし、スカートの下は申し訳程度の下着しかつけていない。

「すごい!」マーガレットが声をあげた。

「ほんと、すごいわ!」カレンも同意する。

知っているわよと言わんばかりにミッシェルの眉がつりあがった。

ジェシーの姿を見たケインの反応は、あまり熱狂的なものではなかった。彼女がたちまち男性スタッフの関心を集めたのもうれしくないようだ。男性たちがまわりに集まって飲み物を勧めたり、ダンスを申しこんで断られると打ちひしがれたふりをしたりしている。

ジェシーはケインが嫉妬《しっと》しているのを感じた。だったら、なぜこんなに離れているのかしら? 彼こそどうしてダンスを申しこまないの? 彼が相手なら断ったりしないのに。

パーティは盛りあがり、二時間ほどたったころ、緊張した面持ちでケインが歩み寄ってきた。

「二人だけで話をしないか、ジェシー?」

「いいわよ」彼女は周囲の人に明るい笑顔を振りまいた。「すぐに戻るわ」

ケインはジェシーの肘をつかんでパーティ会場をあとにし、彼のオフィスに続く廊下を進んだ。その力強さにジェシーは身震いが走ったが、不安からではなく、興奮したせいだった。シャンパンを何杯か飲んだので最初の不安は消え、なんの屈託もなくパーティを楽しめている。

「こんなことはしたくないと言ったはずよ。忘れたの?」ケインのデスクの上で奪われるのを想像して、ジェシーは陽気に振る舞った。

「勘違いしないでくれ。セックスするためにここへ連れてきたんじゃない」ケインは勢いよくドアを閉め、吐きだすように言った。

「そうなの……」

「いいか。きみが採用された理由は才能とは関係ない、とみんなに思われるのを心配しているのはわかる。だからこそ、きみに恥をかかせないために、今夜はみんなの前できみが僕のものだと言わないよう努力したつもりだ。だけど、きみが僕のものなのは事実なんだよ、ジェシー。僕のものだ。そろそろみんなに知らせてもいいころだ」

「まあ……」

「僕は結婚を申しこみ、きみはイエスと言った。僕の婚約指輪をしているべきだ」

「でも……」

「でもはなしだ。もう聞き飽きたよ」ケインはポケットから青いベルベットの箱をとりだして蓋《ふた》を開けた。「気に入ってくれるといいけど」

ダイヤモンドの婚約指輪を見下ろし、ジェシーは喉をごくりとさせた。ああ、どうしましょう。今にも泣きだしそうだ。「なんて……きれいなの」

「きれいなのはきみのほうだよ」ケインは指輪をとりだした箱をジャケットのポケットに戻し、前に進んでジェシーの左手をとった。「愛している、ジェシー・デントン」ケインは震える彼女の薬指に指輪をはめた。

目から涙があふれ、ジェシーの頬を伝った。「私も愛しているわ」

あいたほうの手でケインは彼女の涙をぬぐい、身をかがめて濡《ぬ》れた頬にそれぞれキスをする。「何も泣くことはないだろう」

ジェシーは優しい気持ちになり、両腕をケインの首にまわした。「あなたは私にとってかけがえのない人よ！」

ほんの一瞬ためらったものの、ケインは彼女にキスをした。ためらいはすぐに消え、あるのは情熱だけになった。キスが激しくなり、抱擁がきつくなるにつれ、ジェシーの豊かな胸は彼の胸板にしっかり押しつけられた。

ところがケインが突然体を離し、ジェシーはショックを受けた。

「悪かった。こんなことはしない約束だったのに」

「いいのよ、ケイン。愛してほしいの」

「なんだって？　つまり……ここで？」

「ええ、ここで。今すぐ」

ケインは欲望にけぶる目で彼女の動きを見つめていた。ジェシーは蹴《け》るようにして靴を脱ぎすて、スカートの下に手を入れてショーツをはぎとった。うなじで結んでいたひもをほどいて手を離すと、両の胸があらわになった。

ケインがはっと息をのむのを聞いて、ジェシーの胸の頂は硬くとがった。

「ドアに鍵《かぎ》をかけたほうがよさそうだ」

ケインは鍵をかけ、彼女の手をとって、手近な大型ソファへ連れていった。そこでジェシーを膝に座らせ、彼女が苦しくなって震えだすまで、胸のふくらみにキスをしたり愛撫《あいぶ》を与える。それからスカートの下に片手をもぐりこませた。

「違うの。そうじゃないのよ、ケイン。あなたが欲しいの。二人を隔てるものなしに」

「だけど……」

「だけど、はなしよ。大丈夫、今は安全な時期だから。それに、たとえそうじゃなかったとしても問題ないでしょう？　私はあなたを愛しているわ。あなたは私を愛している。私たち、結婚するのよ。赤ちゃんができてもいいじゃない」

ケインはジェシーの言葉がもたらした衝撃が信じられなかった。結婚前に妊娠してもかまわないというほど、彼女は心から僕を愛し、信頼してくれているのだ。これ以上何が望めるだろう。

どんなに彼女が欲しいか！　僕の美しいジェシー。僕だけの恋人。

互いのむきだしの体が触れあった瞬間、ケインはうめき声をあげ、彼女のなかに身を沈めたときもまた声をあげた。奥深くまで体を沈めたときのジェシーの表情から、彼女も自分と同じ感情に浸っているのを知った。ジェシーが両手でケインの顔を包み、目をのぞきこむと、彼は泣きそうになるのを必死にこらえた。

「愛しているわ」ジェシーは官能的なリズムを刻みながら、彼の上で体を動かしはじめた。「愛しているわ」繰り返しつぶやき、彼の顔じゅうにキスの雨を降らせる。

ケインは全身を貫く感情に耐えようと、目を閉じた。これまで、こんな気持ちにさせられた女性はほかにいない。一刻も早く彼女と結婚したい。死が二人を分かつまで彼女を愛し、慈しむという誓いを交わしたい。二人の結びつきを引き離すことができるのはもはや死だけだ。二人はひとつ。単に肉体的な結びつきだけでなく、精神的な意味でも。ジェシーは僕の心の友、親友になるのだ。そして僕の子供たちの母親に。

ケインが彼の顔を包んでいるジェシーの両手を口元に持っていった瞬間、彼女は動きを止め、陶酔したような目で彼を見つめた。

「私……こんな経験は想像したこともなかった」二人の関係がいまだに信じられないという当惑した声だった。

「そうそうあることじゃないさ。ぼくたちは幸運なんだ」

「そうね。とても幸運だわ」

「あとでパーティに戻って、僕たちの婚約を発表しよう」

「ええ、いいわ。でも、ケイン……明日の夜のことだけど……」

ケインが顔をしかめた。「明日の夜がどうかしたのかい？」

明日はクリスマス・イブ。ジェシーとエミリーが泊まりに来ることになっている。クリスマス・ツリーはすでに買ってあった。本物を。エミリーと一緒に飾ろうと思ってデコレーションも山のように用意してある。必要と思われる以上のプレゼントも。

だが、男が恋に落ちてあっというまに家族ができるなんて、そうしょっちゅうあることではない。しかも新しく迎える家族は、彼がこれから味わわせたいと考えている贅沢《ぜいたく》とは、無縁の生活を送ってきたのだから。

「まさか、泊まりに来ないなんて言うんじゃないだろうな？」

ジェシーはいたずらっぽく笑った。「もちろん行くわよ。今夜はね。だけど、明日の夜は……。古風と思われるかもしれないけど、エミリーが同じ屋根の下にいるのに、あなたのベッドで眠ることはできないわ。結婚するまでは」

ケインは彼女と言い争うつもりはなかった。今、この瞬間は。「いいだろう。でも、また気が変わったとしても僕はかまわないよ」

「今度は気が変わることはないわ」

「それはどうかな?」ケインは彼女のヒップをつかみ、また動きをうながした。

恍惚《こうこつ》とした状態のジェシーが赤裸々な歓喜の声をあげたとき、ケインは彼女の気持ちを変えさせることに成功した予感を得た。

16

「見て、ママ、妖精《ようせい》フェリシティの人形よ!」包装紙を破ったエミリーが興奮した声をあげた。「フェリシティの馬も! お城も!」

「よかったわね」ジェシーはケインの家のソファで丸くなったまま返事をした。昨夜、十二時になった瞬間、ケインから贈られた赤いシルクのネグリジェとローブを着ていた。エミリーへのプレゼントを包んだり、おしゃべりしたりしながら、遅くまで起きていたのだ。

もちろん、ケインが彼のプレゼントを着たジェシーの姿を見たいと主張したことから、次から次へとエスカレートし……少なくとも彼のベッドで実際に眠ることはしなかった。

深夜一時ごろ、満ち足りたジェシーはケインにプレゼントを渡した。ダライ・ラマの教えを説いた本、ロビー・ウィリアムズのCD、それに『ロード・オブ・ザ・リング』三部作のDVD。うれしさのあまり、ケインがどうしてもCDを聴きたい、DVDを一部だけでも見たいと主張し、そのあと感謝の意をこめてまた愛しあったのだった。

三時になる少し前、力尽きたジェシーはよろけながら客用の寝室に移り、ベッドに入るなり深い眠りに落ちた。髪を引っ張るエミリーに起こされたのは六時ごろだった。サンタクロースが来たからどうしても起きろと言って譲らなかった。

ジェシーが眠い目を片方開けると、エミリーはケインを起こしてくると言って駆けていった。

それが十五分ほど前のことだ。

ジェシーがあくびをしているところへ、いれたてのコーヒーの香りもかぐわしいマグカップを二つ持って、ケインが居間に入ってきた。彼はすでにショートパンツとTシャツに着替えていた。髭《ひげ》はまだ剃《そ》っていなかったが、そのほうがすてきだ。とてもセクシーに見える。

「これが欲しかったのよ」ジェシーはマグカップのひとつを受けとり、両手で包むようにして持った。「この前の晩、あなたの家族に会っておいてよかったわ。今日はひどい顔だもの」

「きみはきれいだよ」ケインは彼女の額にキスをし、隣に腰を下ろした。「輝いている。きみには恋しているのが似合うんだね」

ジェシーは婚約指輪を眺め、それをプレゼントしてくれた男性を見上げた。「あなたに恋しているのが似合うんだわ。信じられないほどすばらしい男性なんですもの」

「もちろんさ。初めからそう言わなかった?」

ジェシーは笑い声をあげた。「あなたって本当に傲慢《ごうまん》よね」

「それは違う。自分が何を欲しいか、はっきりわかっているだけのことだ」

「ママ、ねえ、見て！」エミリーがきれいなピンクのドレスを持ちあげてみせた。「きれいでしょう？ケインのパパやママと会うときに着るの。これを着たら、あたし、プリンセスのように見えるわよね、ケイン？」

「まったくだ」

娘の幸せそうな笑顔に、ジェシーは心臓がどきんと音をたてるほどうれしかった。ケインは二人の人生に喜びをもたらしてくれたばかりか、確かな未来を約束してくれたのだ。

「お願いしたもの全部、サンタクロースはかなえてくれた？」ジェシーは尋ねた。

「うん」エミリーは新しいおもちゃやドレスやゲームを見渡した。「全部ある」

「どれがいちばん気に入った？」

「新しいパパがいちばん気に入ったわ」思いがけない返事だった。「もうパパって呼んでもいいの、ケイン？」

「こんなにうれしいことはないよ、プリンセス。さあ、おいで」マグカップをテーブルに置く。「新しいパパを抱きしめてくれないか？」

エミリーは子供特有の笑みを浮かべ、待ち受けているケインの腕に飛びこんでいった。

ジェシーは顔をしかめた。「エミリー」ケインの首にしっかり両腕をまわした娘は彼の膝に落ち着いている。「お店へ行ったあの日に、新しいパパが欲しいってサンタさんにお願いしたの？」

「そうよ。いい子にしてたら、サンタさんはなんでもかなえてくれるってママが言ったから」

ジェシーが目をしばたたいてケインを見ると、彼は肩をすくめた。「神さまのすることは人間にはわからないものだ」

「あなたが信心深いとは知らなかったわ」

「それほどでもないよ。でも、あとで教会へお礼を言いに行こうか」

「あたしも一緒に行っていい、パパ？」

「もちろんだよ。パパというのは、そのためにいるんだ。娘のお願いを聞くためにね。ママのしてほしいことも」ジェシーにウインクをしてみせる。

「来年はサンタさんに弟をお願いするの」エミリーが興奮して叫んだ。

「それはいい考えだ」ジェシーがコーヒーにむせそうになっている傍らで、ケインが言う。「そのお願いならサンタさんも困らないんじゃないかな。ただ、サンタさんでも、男の子か女の子かは決められないんだ。それは神さまが決めることだから」

「それなら神さまにお願いする」

「いちばん偉い人のところへ行くわけか。すばらしい考えだな。ママはどう思う？」

「あの包み紙を全部片づけたら、シャワーを浴びて着替えたほうがいいと思うわ」

「ママって、パパほど面白くないのね」

エミリーの言葉に、ケインはほほ笑んだ。「それはどうかな。ママだって楽しいときはあるさ。とてもいいママだよ、そうだろ？」

「うん、そうよ」

エミリーに笑顔を向けられ、ジェシーは幸せのあまり心臓が破裂するのではないかと思った。これほどの幸福に恵まれる、どんな善行を積んだというの。だけど、当然のことと思って軽視するのだけはやめよう。一生懸命努力してケインのいい奥さんになり、エミリーやこれから恵まれるであろう子供たちにとってもいい母親になろう。

アイルランドにいる母は驚くに違いない。子連れでも結婚してくれる男性がいることに。

でも、ケインはどこにでもいる男性とはわけが違う。彼は特別だ。

「パパ」エミリーがささやいた。「ママはどうして泣いてるの？」

「うれしくて泣いているんだよ」ケインの喉にもこみあげるものがあった。「大人はうれしくても泣くことがあるんだ」

「あたしが泣くとママはキスしてくれるのよ」

ケインはうなずいた。「いい考えだ。ママにキスしてあげよう」

エピローグ

ロバート・ウィリアム・マーシャルは、翌年のクリスマス・イブ、十二時を過ぎてまもなく生まれた。大喜びのエミリーはさっそく、次のクリスマスの計画を立てはじめた。お願いするもののリストには子馬、ドーラのボーイフレンド、アイルランドに住んでいるおばあちゃんがやってくる、と並んでいる。仏教徒とやらになってから、祖母はエミリーにたびたび手紙をくれるようになったのだ。

息子の誕生から数時間後、ジェシーは妊娠八カ月まで従事していた仕事をしばらく忘れることに決めた。〈ワイルド・アイディアズ〉で過ごした時間はたしかに楽しかったが、長期の育児休暇をとってもいいころだと思っていたのだ。

いつかは職場に復帰することになるだろう。在宅で自分の広告会社を設立することだってできるかもしれない。ケインにその話をしたら全面的に賛成してくれた。彼を共同経営者《パートナー》にするという条件で。

その日の午後遅く、興奮して顔を紅潮させたドーラが新しい間借り人を連れて訪れた。結婚経験のない六十代の、野心に燃える作家だった。ジェシーとケインが心得顔に視線を合わせている一方で、エミリーはサンタクロースや神さまは彼女がお願いもしないうちから望みをかなえてくれたのではないかと不思議がっていた。

ジェシーはクリスマスの贈り物の日《ボクシング・デー》には赤ん坊ともども退院を認められ、その日はケインの両親の家で過ごした。気分は爽快《そうかい》だった。給仕してもらったり、ちやほやされたりするのは気持ちのいいものだ。ケインの母親はしょっちゅう孫を抱きあげては、赤ん坊言葉で話しかけている。

「ダーリン、今の気分は？」その晩、みんなで自宅に戻り、子供たちを寝かしつけたあと、ケインが尋ねた。

「これ以上ないくらい幸せよ」ジェシーは答えた。

「夫とダンスでもどうだい？」ケインがそれにふさわしいＣＤをかけた。

夫の腕に抱かれたジェシーは、二人が初めて出会い、踊った夜のことを思い出した。

二人の出会いは運命だったの？

そう考えたほうがロマンティックだ。

けれど、これから先も二人を結びつけるのは運命ではない。

それは愛情よ。

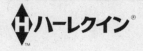

ハーレクイン・ロマンス　2006 年 1 月刊（R-2088）

誘惑された夜

2023 年 3 月 5 日発行

著　　者	ミランダ・リー
訳　　者	夏木さやか（なつき　さやか）
発 行 人	鈴木幸辰
発 行 所	株式会社ハーパーコリンズ・ジャパン 東京都千代田区大手町 1-5-1 電話 03-6269-2883（営業） 0570-008091（読者サービス係）
印刷・製本	大日本印刷株式会社 東京都新宿区市谷加賀町 1-1-1

ISBN978-4-596-76675-5 C0297

◆◆◆◆ ハーレクイン・シリーズ 3月5日刊 発売中

ハーレクイン・ロマンス

愛の激しさを知る

忘れ形見と愛の奇跡	ミシェル・スマート／湯川杏奈 訳	R-3757
放蕩富豪と鈴蘭の眠り姫	タラ・パミー／山本翔子 訳	R-3758
地上より永遠へ **《伝説の名作選》**	シャロン・サラ／仁嶋いずる 訳	R-3759
誘惑された夜 **《伝説の名作選》**	ミランダ・リー／夏木さやか 訳	R-3760

ハーレクイン・イマージュ

ピュアな思いに満たされる

プレイボーイは理想の父親	アリスン・ロバーツ／中野　恵 訳	I-2745
こよなく甘い罠 **《至福の名作選》**	ロビン・ドナルド／富田美智子 訳	I-2746

ハーレクイン・マスターピース

世界に愛された作家たち
～永久不滅の銘作コレクション～

忘れえぬ日々 **《特選ペニー・ジョーダン》**	ペニー・ジョーダン／富田美智子 訳	MP-65

ハーレクイン・ヒストリカル・スペシャル

華やかなりし時代へ誘う

修道院から来た身代わり花嫁	テリー・ブリズビン／琴葉かいら 訳	PHS-298
放蕩貴族と未練の乙女	ニコラ・コーニック／鈴木たえ子 訳	PHS-299

ハーレクイン・プレゼンツ作家シリーズ別冊

魅惑のテーマが光る
極上セレクション

薔薇のベッドで愛して	キャロル・モーティマー／中村美穂 訳	PB-354

※予告なく発売日・刊行タイトルが変更になる場合がございます。ご了承ください。